EL SUEÑO DE URSULA

MARÍA NEGRONI

[dedicatoria manuscrita:] Para Hernán, el viaje de esto sueños, en el deseo de una amistad. María 2004

EL SUEÑO DE URSULA

Seix Barral ✦ **Biblioteca Breve**

Diseño de interior: Alejandro Ulloa
Mapa: María Cristina Brusca

Segunda edición: mayo de 1998
© 1998, María Negroni

Derechos exclusivos de edición en castellano
reservados para todo el mundo:
© 1998, Compañía Editora Espasa Calpe Argentina S.A. / Seix Barral
Independencia 1668, 1100 Buenos Aires, Argentina

ISBN 950-731-195-5

Hecho el depósito que prevé la ley 11.723
Impreso en la Argentina

*"Tu reconnaîtras le bonheur
en l'appercevant mourir"*
GEORGES BATAILLE

A mon seul Désir

Una mujer quiere verme.

Espera a las puertas de la ciudad. Es una mujer pálida dice el monje que la anuncia. Viene como yo de muy lejos. Ha llegado a Basel desde el Este con un cortejo de mujeres que la siguen un cansancio luminoso. Como si hubiera estado expuesta a un peligro grave uno de esos que no se ven. La felicidad. Y sus gestos tenues refinados parecieran destinados a decir lo nunca dicho. [Todas las entonaciones del amor visto desde el objeto amado.] Dicen que inventa lo que sueña y después rechaza aquello que no cuadra con la imagen que guardó del sueño. Que sabe responder a las preguntas del deseo. A los enigmas que arrojamos al abismo que habita dentro nuestro.

Me siento en una tarima de madera cubierta por cueros de oveja y ordeno que la conduzcan a la cripta. Sola.

Cuando entró la tarde declinaba. Junto a mí un tablero de ajedrez. Un velón encendido un candelabro. Quise averiguar si su mirada consolaba. Yo tenía pan y un jarro de leche de cabra. Se lo ofrecí. Sonrió apenas y vi una cicatriz en su mejilla. Un poco amarillenta. Había empezado a llover.

—¿Qué ven las mujeres a través de mí? —le pregunté para probarla.

No la plegaria masculina dice *esos cantos violentos contra las armadas satánicas, sino la plegaria que consiste en oír. Tu procesión interminable, Ursula, hacia el fin de la noche y del miedo. Esas mujeres te siguen, como arrancadas a la turbulencia. Tienden una trampa a su corazón y así lo atraen hacia lo inaprehensible. Ah dejar la casa, los parientes, la aldea solidaria. Caminar por meses, años. El viaje desconcierta, destruye, purifica. En espera del desconocimiento mayor: la revelación de lo que fuimos, antes de la memoria.*

Sus palabras retumbaron contra las paredes vacías de la cripta. Por un instante creí que había alguien más.

—¿Quién eres?

Isabel de Schonau dice. Y se arrodilla para besar mi mano.

Una mujer de senos pequeñísimos que habla en estado de trance. Envuelta en un manto de lino. Un rostro marcado por huellas de cosas olvidadas. Recortada en la embriagante multiplicidad de las ojivas parece todavía más conjetural más bella. La bendigo con un rocío consagrado *Nuestra Señora del Próximo Siglo* y dibujo sobre su frente un signo. Después me quedo anegada en su mirada anhelante la oigo decir.

Yo también vengo de lejos. Emigré como tú. Crucé fronteras. Seguía la ruta que marcaban los pájaros, descifraba imágenes que proponía el viento.

Atravesé cruzados, eremitas, templarios enfermizos, guerreros rezagados, procesiones de hambrientos. Atravesé la muerte y los muros. Yo también busco al Alejado, al Oculto en su Ciudad Perfecta. Yo repito palabras que son presentimientos: flecha y rosa, cordero y laurel, vitral. En Schonau, estudié la astrología y la justicia canónica, la gramática y la música, el intelecto enamorado de Plotinus. Allí aprendí a conmemorar el simbolismo de la luz, la corona de espinas, el concepto de la muerte posible. Me gusta observar la realidad de las cosas y después transcribirlas en una obra figurada, como si yo misma fuera el tiempo y las cosas un torbellino de percepciones sin dueño, una mera excusa para la gloria de lo efímero. Yo conozco el futuro. Yo contaré tu historia algún día, Ursula. Yo volveré a nacer y contaré tu historia, los caminos azarosos de tu alma.

—¿Y cuándo ocurrirá todo eso? —aventuré.

Pronto. Cuando el famoso Eckbert pronuncie su Sermón contra los Cátaros. Los hombres se volcarán a la desolación de las estepas en busca del ombligo del mundo: la ciudad reina, cuyo nombre no importa porque siempre es el mismo. (Los hombres siempre buscan sin saber qué, sin querer saber qué.) Por los ríos, habrá hospitales flotantes para atender a los enfermos. Y niños vendidos como esclavos en Berberia, como fueron vendidos los amigos de Etienne de Cloyes, y también guerreros teutónicos invadiendo los territorios del Oder, donde el arzobispo de Bremen encontrará la muerte después de haber sembrado el hambre y la disputa de botines. Habrá reyes que tomarán la guerra como un ersatz del amor y otros que morirán en las dunas de Cartago. Infinitos acontecimientos saturarán los libros que se caligrafíen en los monasterios. Se traducirán las invectivas de Anna Commena, el Himno a las Vírgenes de Beda el Venerable y las teorías de Basílides que enseñan cómo odiar el mundo y sus obras, y se oponen a la propagación de las especies que es, sostienen, el peor de los pecados. Y habrá un Libro Secreto cuyas páginas repetirán las revelaciones de Irenaeus y su secta de los Adeptos de la Madre, causando la pérdida de la memoria. Y el arte de la iluminación será puro esplendor, sobre todo en los Grimorios. Los hombres creerán que viven el último viaje y su sentido de la verdad será errático y precario. Todo, como ves, prácticamente igual a ahora...

La noche casi.

Si esta capilla no estuviera escondida bajo tierra. Si hubiera una tronera en el muro para mirar. Medir el instante ese magnífico instante en que las cosas no han desaparecido aún no han comenzado. Hace tanto abandoné a Cornwallis. Si pudiera retroceder para atrapar el odio que entonces me empujaba y ya no encuentro. La figura de la mujer que habla es de un azul abstracto. Hace frío. Pienso en las jóvenes que han venido con ella. Instaladas en los bordes del río altas como empalizadas. Estáticas entre la muralla y la fatiga. Como si concentraran así toda la galería de sus sueños para poder después de imagen en imagen ascender a lo más alto de su perfección el todo de ellas mismas.

Mi pensamiento y la fuerza que irradia esta mujer. El Obispo de Basel es un hombre culto. Sabe latín sajón islandés. Ha traducido las Encomias de Egil y la Navigatio de Brendan ese abad de Ardfert que sorteando montañas magnéticas e islas de ratones atravesó el abismo en naves precarias y dio con la Isla de las Promesas. Ordeno a

Brictola que hable con él. Que interceda en mi nombre para que las deje entrar.

Acompañé a Isabel a la salida. Afuera nevaba.

La nieve es una categoría de la luz susurró al despedirse.

Yo pensé que esa luz la acariciaba.

El Obispo no se hizo rogar me comunicó su negativa en el acto. *Acogerlas podría estimular a otras mujeres, ya son muchos los seres que vagan por los campos, se exponen a múltiples peligros, complican los frágiles acuerdos entre el poder terrenal y el papado. No podemos hacernos cargo, Ursula, darles protección, alimentos, refugio... y además, ¿quién dice que Isabel de Schonau no está loca? Reverendissimus Dominus Patriarcha Noster, Miserere mei, etcétera.*

Pero las mujeres no se mueven. Cada noche a la hora en que se borra el día comienzan un canto apenas perceptible un requiem casi mudo y su voz pautada por un tambor apenas por el tañido regular de las campanas parece el murmullo luctuoso del río. Y nadie puede dormir ni adentro ni afuera de la ciudad de Basel. Ni los taladores de bosques ni los catadores de aguas hondas ni esos hombres que pescan con la mano alrededor de nuestras casas de madera sobre el agua. Y después durante el día los rumores crecen. La gente dice que ha visto a las jóvenes de negro iluminadas por un canto que es una escalera de silencios de un cielo a otro. Un pensamiento vertical en busca de un sueño crucial. Y dicen que la noche y la pena y la muerte no son lo opuesto de la felicidad y la vida. Que ése es el secreto que las mujeres buscan. Que ellos lo han oído así en el murmullo sin frases el lamento crónico y siniestramente bello que es su canto. En esa insistencia pautada por campanas elevándose piadosa infinita hasta que el Obispo no tiene más remedio que dejarlas entrar.

LA PARTIDA

Huir. Abandonar Cornwallis. En el momento menos esperado daré la orden de partir. Tenemos todo las naves equipadas las mantas para el frío pociones para el sueño y los catarros. Impacientes a orillas del mar en esta costa escarpada las mujeres van y vienen. Lo demás no se sabe. ¿Dónde están los vigías? ¿Por qué nadie ronda las almenas? ¿Nadie teme sorpresas de la noche esquiva? El viento de la primavera nos es propicio. Perdón amado padre. Tengo que partir. Hay un resto de vida que sólo existe más allá. Explicarás esto al extranjero. O tal vez otra cosa. Le dirás *Ursula, mi hija, se ha perdido. Levantó su escudo contra mí, ella mi escudera, la elegida ciega de mi voluntad.* Oh Maurus el querido. Un rostro fatigado unos cabellos blancos tu figura de rey en mi memoria más suave. ¿A qué destierro de mí voy a condenarte? Tus manos sabían consolar. Tus ojos pequeños vivaces concentrados en una sola complicidad. Vivir. Tus súbditos te apreciaban por eso. (No es fácil disimular el poder.) Ahora voy a partir. ¿Por qué nadie ronda las almenas? ¿A nadie le importa que me vaya? El mundo es un círculo rodeado de agua precedida por desiertos. Hay tantas cosas que ver la Llanura de la Nada donde el granito es filoso. El río en forma de serpiente que atraviesa un país poblado de alces. Esos libros donde las bellas cosas se anuncian en filigrana. Alguien recoge nuestros sueños los almacena en cajas de bronce. El cielo observa. No olvidar el sebo para la lumbre los abrigos de armiño y las cuerdas doradas.

Temblé al conocer la noticia.

El extranjero quiere mi nombre. Pero yo soy la heredera de mi padre. Maurus lo decidió cuando nací. Ningún hombre respiraría en mis senos. La hija de Cornwallis es libre como un ciervo. El rey miraba por sus ojos una fértil orilla inviolable. ¿Qué ocurre? Maurus vacila. ¿Me engaño? ¿Me abandona? ¿A mí que soy su propia voluntad? Dicen que el vecino es poderoso. Viene de una tierra de caballos crinudos donde los hombres degüellan a sus enemigos se les parecen. Sentí frío. Maurus torciendo la cabeza. ¿Y Daria? ¿Dónde está mi madre que no está? Maurus duda. Una seña al maestro de ceremonias. Oh Maurus no lo hagas no me dejes. No puedes resolver sin oír el consejo de Daria. Madre ¿dónde estás? El extranjero había elegido la más bella la más inaccesible de todas las imágenes. La fijó en un sueño y escribió en un pliego su exigencia. Los embajadores aguardan las casacas echadas sobre los hombros las sobrevestas sembradas de perlas de vidrio cadenas alrededor del cuello. Un paje minúsculo con capuchón. Yo caigo. Me desplomo. Anudo los brazos y las piernas. Me acurruco en el seno de Palladia mi nodriza. El otoño ahí afuera. Maurus claudicó. Pidió un plazo para deliberar. Oigo por primera vez el nombre del intruso. Aetherius. Un bramido en mi corazón. Odio a mi madre ausente. La cobardía de mi padre. El mundo que puede derrumbarse así de repente y yo a merced de un capricho desprovista de lo que quiero ser. Mis sueños como animales salvajes. Palladia quiso calmarme *Déjame sola*. Toda la noche sola. Toda la noche en el enigma de la noche laberinto oscuro ah extranjero. Nuestra fábula de amantes se agotará sin haber empezado lo juro. A lo sumo existirá una mirada larga entre los dos. Un larguísimo encuentro en el cual cada uno leerá en el otro su propia muerte. Ah locura que me ayudará a vivir. Tengo frío.

Cuando partimos la noche se rompía. Remos y el esfuerzo sobrehumano de zarpar. Todo el miedo y la esperanza y el viento insolentado. Nunca la tristeza me pareció más bella. Y los barcos en un orden cuidadoso que yo misma había fijado. Cada nave a cargo de una lugarteniente. Brictola primero. Después Cordula Pinnosa Sambatia Isegault Marthen Saulae Senia Ottilia Saturnia y Marion. No pude distinguir sino una densa trama de torres. Formas y glorietas simulando crestas de castillos. Las jaulas para los animales donde se veía caracolear a las yeguas ligeras como aves. Los espolones ricamente tallados con piedras azules escudos que reproducían a la Diosa de los Misterios. Vi después la nave de Pinnosa circular y celeste en la que un hombre desconocido había grabado unos pentagramas de silencio. Y la nave de Cordula con veinte letras de un alfabeto desaparecido (según Cordula el alfabeto sumergido del continente Atlantis) y una Madonna de las Pérdidas y también amuletos con figuras en posturas equívocas como las que yo había visto a hurtadillas en la biblioteca de Maurus. Después vi otra nave que parecía un lago donde mirarse y tenía grabado el emblema de la luna de los idilios truncos. Supe que era la nave de Isegault de rostro claro que venía de Hastings de los fríos inviernos. Y otra que comandaba Marthen en cuyas velas cuadriculadas se discernía el Arbol de la Vida y el ciclo de nacimiento muerte y resurrección que prefiguran los diez cielos. Y vi también la nave de Senia opulenta en desgracias. Esa nave de cascos torcidos y una proa donde había una Venus rodeada de palomas y el número siete repetido tres veces. Y más lejos aún la nave de Ottilia. Amarilla como la calavera que llevaba en el mástil junto a una Virgen de la Corona de la Imagen y Saulae después. Y en su nave grabados los enigmas del pájaro la posesión el miedo y los veintidós pétalos de un hexagrama donde se ocultaba la muerte. Y Sambatia de Norwich siguiéndola con su nave de muchos bancos y ningún adorno salvo el albornoz escarpado que indicaba una vida errante llena de penalidades. Y por fin Saturnia y Marion con sus barcos sonoros al estilo inconfundible de Armorica. Tierra honda al otro lado del mar donde los jóvenes tienen la costumbre de inmolar sus vidas para suplantar a unos poderosos por otros. Ambas naves llevaban el emblema de su patria. Un pelícano alimentándose con la sangre de su propia cría y también un enorme crucifijo de nogal.

Las naves eran en realidad tan ricas tan bien proporcionadas que el cortejo me pareció insensato. Y mi propio barco inverosímil mecido por las olas con su estandarte de seda bordada regalo de Aetherius donde una cierva blanca atada a una cadena miraba todo muerta de tristeza.

De pronto una visión me estremeció.

Erguida y consistente una figura. Dolorosamente vivo Aetherius me observaba. Me pareció que venía a reclamarme algo. A mí la abanderada de este atrevimiento.

Parado en su sueño como quien mira la noche.

Yo parto y él lo sabe. Lo ha visto en unas piedras rojas ayer de mañana mientras cazaba. Las piedras trazaban un círculo. Alzó la mano para detener la imagen pero el vacío lo detuvo. Tuvo frío y una claridad feroz como si el miedo. El está parado en su sueño como yo estoy parada en el barco por una vez coincidimos. Un perfume de tierras salvajes avena de musgo y sal. Es el olor del destierro su precio. La nostalgia que avanza y turba. El temblaba. Yo lo oigo decir como quien expira *Escucha el luto futuro de tu canto. La huida no existe, Ursula...*

El extranjero venía del Norte.

Su reino limita al Oeste con el río Tamar y al Este con el signo de Odin que es el Fin de la Tierra. Territorio funesto el suyo. De una belleza cortante arrasado sin pausa por neblinas y vientos. En su Corte hay banquetes asiduos noches dudosas bajo palios de seda. Arden las teas que sostienen los pajes la soledad hipnotiza. Delicadísimos trajes casi siempre negros contrastan con la piedra del castillo atrás. La enfermiza blancura del hielo. Danzan los terciopelos más jóvenes los cuellos de las doncellas núbiles los príncipes sobre tapices que adornan esta aridez congelada mientras los hombres más viejos afilan el sarcasmo con el despecho y la envidia. ¿El mundo es esta riqueza mórbida? ¿Esta incesante rotación de músicos falsos adivinos veladas que acaban en profecías políticas? No. Detrás de este esplendor en el paisaje se mueven figuras menos gráciles. Con otras pesadillas entre el rugido del mar y los bosques helados. Pájaros abandonados por el tiempo traen leña lían estopa dan caza a los animales. Preparan el fasto esa imperiosa vida de la Corte que les está dedicada. Más lejos todavía donde el troyano Corinius fundador de Cumberland exterminó a los gigantes hay intrusiones graníticas y rías. Círculos y dólmenes. Piedras donde los barqueros urden el culto de los demonios (dicen que el aislamiento empuja a una libertad esencial). El extranjero viene del Norte. De los estuarios donde los hombres buscan el hierro blanco.

Ursula había dicho el ángel en el sueño lentamente.

Suave la mirada. Comprensiva de quien perdona porque recuerda.

Observa el secreto antes de que se evapore, sus velas extendidas, sus vestidos ardiendo a un costado de la noche. Yo soy el guardián de los frutos maduros, el expatriado que vuelve. Soy el conocimiento y quien conoce. Me contiene tu corazón. Escucha, pondrás tres condiciones: que el príncipe pagano se haga bautizar, que se recluten vírgenes y barcos suficientes, que se te otorgue un plazo de tres años para hacer una peregrinación a Roma.

Después ya no habló o hablaba más bien con símbolos.

Veo un cortejo líquido. Sombrío como la eternidad.

Gestos. Desafíos. Alabanzas.

Manchas de la memoria incipiente. Un mundo de misterio lleno de vasallos de amor.

Ya no llores, Ursula. Yo volveré para guiarte. El viaje será arduo como un don.

Sobre un almohadón de mirtos el sueño como una respiración que ocupa todo el espacio entre la alcoba y el libro de horas.

—Ervinia es una vieja abyecta.

—Vidente, querrás decir.

—No hace más que desfigurar las cosas ensuciar lo que toca. Se pasa el día hablando de horrendas criaturas lombrices que chupan la sangre monos con cuello de serpiente. ¿Es imprescindible que venga?

—Sin ella no viajaré.

Cordula canturrea desde sus labios rojos.

—Las mujeres la escuchan demasiado. Podría confundirlas.

—Exageras.

—¿Y esos brebajes que les da?

—¿Qué tienen de malo? No todas son como tú, que naciste bajo el signo de la mutable Luna y por eso te gustan los viajes. A algunas hay que ayudarlas.

—El otro día le oí decir que los diamantes vuelven viril a quien los lleva y protegen de las bestias y los bajos sentimientos.

—¿Y?

—Dijo que los diamantes se sacan de unos enormes caracoles cuyas conchas son tan grandes que la gente puede vivir adentro.

—¡Ay, pero qué bello!

—Y que se acoplan y se reproducen sin pausa adentro de esas conchas en la estación del rocío.

—Veo que te impresionó, lo habrá sacado de algún Lapidario.

—No entiendes. Ervinia es peligrosa.

—¿Para quién?

—Ya te dije las mujeres.

Cordula hizo un gesto de impaciencia alejándose un poco de mí. Está espléndida. Sobre la llamarada roja de su pelo una corona de perlas. Una gorguera azul sobre un traje rosa pálido sembrado de animalillos silvestres perdidos en un laberinto de hojas blancas. Cordula vio que la observaba y suspiró.

—¿No te aburrías de tanto leer, Ursula? Para mí que leías siempre lo mismo y te creíste demasiado la Loa a las Vírgenes de Aldhelm. Porque sabrás que el mundo es mucho más que eso. Los magos, los mediocres, los epilépticos fingidos y las culebras taimadas son parte de lo que respira en la tierra, como bien dice, por otra parte, el Sermón del Lobo a los Daneses.

La miré sin comprender.

—Pero Ervinia...

—Ervinia sabe de filtros, mixturas y atractivos de amor. Puede ser malosa a veces, es verdad. Pero hay en ella una gran maestra, harías bien en aprender.

Cordula me dejó así y se fue en la tarde que crecía. Yo la vi como una mariposa roja que volaba y desapareció.

A lo lejos Ervinia ante un porquerizo. La voz pastosa y los brazos en alto despotricando *si vuelves a engañarme, bellaco orejudo, violador de gallinas, sepulturero sin tumbas, cerdo de mierda...*

Sala octogonal.

Cojines de paño bordado en oro. Paredes cubiertas de ricos tapices que muestran los animales más vistosos del mundo. El filoso unicornio. La abubilla que hace soñar con diablos. El basilisco de mirada mortal y todos los pájaros del cielo. Agua de rosa en los aguamaniles. Escabeles arcones de madera llenos de herrajes. Y hombres que visten camisas de fina tela plisada y abrigos suntuosos de Minsk y calzas con arabescos de colores variados los pomos de las espadas incrustados de jade. Yo espío desde un pequeño oratorio un panel calado de fino pergamino de gacela. Si hiciera un esfuerzo oiría. La negociación tensa las frases inconexas los hombres de mi padre. Alababan la figura del príncipe restañando el orgullo herido de Cornwallis lo dormían. Entre los extranjeros silencio. Una paciencia helada. A no ser por el paje que logró burlar ayer la vigilancia abriéndose paso hasta Palladia *Mi señor me envía* dijo. *Traigo un mensaje para Ursula* repitió. Apenas respiraba. *La tristeza de mi señor es pulida, su valor generoso y su amor por la patria un vicio. Sabe cazar y posee gran variedad de lebreles y caballos, raudos como pájaros. No se lleva bien con el presente, no tiene en gran respeto a las reglas y le gusta comer cisne asado. Su única debilidad es su padre. Su única torpeza, la confianza excesiva en los gestos.*

La noche sigue.

La interminable noche en que Maurus oye el consejo de sus hombres mientras mi madre como siempre ausente.

¿Quién habla del otro lado del muro?

No es la muerte. No es un pájaro de mal

agüero. Es la suma de todas las jaulas las cosas sin explicación el granizo sobre el rosal la sequía las mentiras la crueldad. Es la autoridad de unos hombres que quieren saber si mi piel es suave mis manos dóciles mi voz sumisa a sus caricias.

Quise a Cordula desde que la vi.

Venía de la ciudad de Aetherius. En sus gestos un color tan vivo una abstención tan honda de la fe que parecía un deseo me deslumbró. Nerviosamente alegremente se presentó ante mí con arrogancia. Dijo que sabía distinguir los rasos del broderie el bronce del estaño la caoba del fresno. ¿Cómo no sucumbir a esa risa que traspasaba los muros?

—Los hombres —me dijo un día— son torpes, engreídos y más bien simples. Seres francamente penosos.

Sólo su padre escapaba a la definición. Un hombre cruel sin embargo a quien la unía una trampa sutil. (Como no sabe que lo ama no puede realmente odiarlo.) Cordula fue todo para él. Aliada y única compañía tras la apurada muerte de su esposa. Con el tiempo los varones que la frecuentaban y su padre sin duda también comenzaron a asediar su belleza como si fuera un banquete donde saciarse a mansalva. *Ese borde oxidado* dice Cordula *ese costado sucio de ellos mismos, no los soporto.* Después fatalmente la abandonaban entre palabras viscosas como sapos.

Cordula titubeó.

Su signo era Saturno con ascendente en Aries. Todo en ella prometía lluvias frío disputas entre reyes *no me someterán* se dijo. Aprendió la evasiva el equívoco esos juegos que los hombres

24

aman. Después hizo en secreto el juramento de vengarse y partió. *Cualquier cosa, menos el despojo de la entrega.*

Y así avanza ahora por la vida. Reina de hielo en su belleza altiva. Enamorada de las ruinas el polvo en los objetos todo aquello que se deja coleccionar apreciar en su encanto perecedero. *Como la noche* dice Cordula. *Como los seres perdidos en ella.*

A punto de partir contra el naranja de las tiendas afianzándose en el alba las mujeres. En un silencio frágil como a la espera de una promesa final me miran. Pero ya hablé demasiado mi corazón de duelo. Sediento de la pena que no sentiré el abrazo que no daré a mis padres. Sacudo la cabeza para espantar algo que no veo. Chilla un ave tres veces. Y los vestidos crujen. Arrodilladas al unísono un clamor sordo. Conmoción que late. Una gran inhalación asciende de los pechos como si respirara el mar. Por un instante el campamento fue un milagro. Una luz que aplaza el lado ominoso de las cosas la vastedad del tiempo. Deslumbrada por estas mujeres como si viera un enorme fresco de la vida contra el mar que las contiene. Ellas son más reales que la realidad. Los sueños de plenitud del mundo el anhelo de la parte por el todo. La intemperie abrupta de estas tierras púrpuras. No voy a hablar no podría. Una congoja (¿una felicidad?) quebrada en la garganta. Pinnosa se paró ante las demás hizo un gesto con la mano y dijo:

Una vez atravesado el Gran Mar, remontaremos el Río Misterioso. Ese río, visto desde lejos, en los días calmos del verano, parece un lago espejado, tanto que a veces compite con la altura y entonces son dos cielos perfectos, enfrentados. Y la calma du-

raría para siempre si en el agua no aparecieran, de pronto, círculos que surgen desde abajo y empiezan a tramarse en formas sin pausa.

¿En qué olvido del dios estará escrito tu nombre? Dibujada y desdibujada, ajena al perfume y al tacto. Tú que te divides hasta la saciedad, que te separas y vuelves a aliarte con el todo, mientras otra igual a ti puja desde atrás hacia un final sin centro. Tú que nunca te detienes, suma de círculos concéntricos, dispuesta siempre a empezar otra vez, antes de haber empezado. Tú, Rosa líquida, Rosa Mística del Agua, guíanos con tu oscuridad luminosa.

Y las mujeres contestan. Con la promesa la ira la dulzura del error intactas. Con un susurro como si viniera del océano el susurro. Un estandarte ahora capaz de amplificar la inmensidad del tiempo.

Horsel, diosa de la luna, que cabalgas en tus barcos de huérfana, arrastrando una cadena de estrellas. Patrona de las Islas, Dama de Turingia, Nehalennia, envuelta en el manto blanco de Yggr. Anunciadora del destino, amante de un río secreto como una runa. Horsel, Holda, diosa de la navegación y del amor y de las tumbas, segunda esposa de Odin, Freyja. Tú, la del escudo deslumbrante, la abandonada, la que cambiaba de nombre, buscando al Inasible o acaso su espejo de la muerte. Tú que provienes de un libro, escrito con tinta invisible, donde están las imágenes de todo lo que existe. Dulce Dama, dueña de la mitad exacta de los guerreros muertos y del alma de todas las doncellas. Serpiente circular, fuego extinguiéndose en el fuego, hija de Njord y hermana de Freyr, tú que escancias tus lágrimas de oro y vuelas sin moverte, pájaro alado y pájaro sin alas, aferrada a tu vagar inmóvil, a la repe-

tición infinita de lo mismo, protégenos en nuestro navigium, oh Virgen María, Madre Amantísima.

Maurus me escuchó.

Los embajadores recibieron un pliego con el sello rojo y blanco de Cornwallis. Tres osos y tres lágrimas y arriba coronando todo un águila. *Dieu est mon droit.* La tarde era cordial y Maurus dictó las condiciones. A la izquierda del palio un centinela. El escribano y un pequeño paje músico que tocaba la flauta. Un monje de espaldas. Trompetas gonfalones de color escarlata muchos caballeros. Al fondo el barco de los embajadores un poco torcido. Un escorpión trepaba hacia la izquierda por la proa. *Malo mori quam foedari* recé *mortífero escorpión casa nocturna de Marte pestilente habitante de los pantanos contigo sean los hados del infortunio.*

De pronto en la tarde que caía una fisura un verano en las tierras de mi abuela. Delgada erguida Tarsisia y con los dedos finos como garras. La piel manchada. La respiración un poco asmática. Tarsisia madre de Maurus. Borrosa silueta contra el mar revuelto.

¿Sabes? dice *me hubiera gustado conocer esa ciudad donde el pasado no existe.*

Sentadas contra el viento y nuestras miradas se cruzan.

Dicen que tiene iglesias de agua, palacios para aves, fuentes que hacen absurdo el arrepentimiento. Que los hombres llevan allí pectorales de hueso, que beben en porcelanas que cambian de color si se les pone veneno. Dicen que no precisan defenderse sino de lo invisible y, por eso, no usan dagas ni flechas de pino sino mullidas camas de madreperla y corales.

Esa ciudad está rodeada por un mar azul, a orillas de unas arenas rojas. Yo hubiera buscado esa ciudad. ¿Por qué no viajas, Ursula? Viajar hace el conocimiento más perfecto. Sólo cuando llegues a ese mar, comprenderás el color destemplado de éste, verás la trama recíproca del mundo.

Un viento leve por la ventana abierta y Tarsisia se desvanece. Palladia la fiel no tiene idea de mis planes. Los embajadores se alejan. Vuelvo a tener frío. Barcos.

Un deseo es siempre un hábito o una fidelidad decías.

Esas largas temporadas contigo. Eternamente viuda octogenaria Tarsisia madre del rey. Rodeada de bosques de cedros y una escasa servidumbre. De tanto deambular absorta entre los arrecifes habías logrado volverte inverosímil. Los hombres de la Corte te miraban sin entender tu aislamiento. Era una afrenta decían cada vez más irritados *qué hace esa niña ahí, Maurus no debiera, Ursula es pequeña y esa compañía, afectará el porvenir del reino.* Tu muerte les pareció un alivio pero el odio no cesó. ¿Qué hacer con el miedo? Dijeron *morir en el otoño no es normal, habría que incendiar la fortaleza.* Empezaron a verte en las rutas nuncia de desgracias. Pero Maurus fue sutil *esas tierras* pensó *poseen un secreto y Ursula debe conocerlo, mi madre tuvo tratos con la Dama del Lago, un rey debe entender el canto de los pájaros, prever las trampas que acechan desde siempre en la Fuente de la Dicha Ignorada.* Así recibiste lo más puro de mi infancia.

Yo te veía avanzar después de tus funerales. Invariable en tu vestido negro entre los setos y los acantilados dando saltitos al verme y un ligerísimo grito de quien no sabe o no quiere ocultar la alegría. *Aaaaaaahhhhhh querida, estás aquí* decías y ese *aaaaaaahhhhhh* me embebía de tal modo lo escucharé mientras viva. Y después. Cuando el latido del corazón se calmaba y lentamente yo empezaba a amoldarme a tus maneras siempre extrañas me llevabas junto al fuego para contar tus historias. El soldado y la rosa muerta. El Rey Narigón. Choele-Choel la niña envidiosa de cosas que no valen la pena y así. En esos días nunca anochecía porque en tus cuentos que progresaban con la luz sólo triunfaban aquéllos que lograban olvidar lo que querían y eso tardaba en ocurrir. Un día te pedí que me confiaras tu secreto.

No tengo secretos.

—No quieres explicarme —me entristecí.

El único secreto de la vida es vivir. Cada felicidad que llega es también un pesar que llega y lo mismo ocurre a la inversa, lo cual está muy bien. Del resto, sólo hay que mirar la lluvia con cierto asombro y protegerse la cabeza al salir, nada más.

Como siempre hablabas sin mirar a los ojos con cierto pudor un poco taimado y tus dedos subían y bajaban. Plegaban y volvían a plegar minúsculas ondulaciones en tu vestido negro como si en esa ocupación pudieras ahuyentar algo de mí para lo cual no estaba preparada todavía.

—Podrías explicarme algunas cosas...

No tengo nada que explicar y, además, explicar es arrogante.

Y ese silbido levísimo de tu respiración como rimando la insólita marea de tus dedos entre los pliegues del vestido y yo luchaba. Por no perder el hilo de mis pensamientos no dejarme distraer por esas manchas que la vejez te había grabado en las manos como pruebas de qué.

—Pero tú estás muerta y yo viva.

Depende. El que no ha muerto, no vive.

De pronto cabeceaste como si el peso de un cansancio excesivo.

Voy a caminar dijiste.

Un ejército salvaje no te hubiera disuadido mucho menos la lluvia que caía. ¿Qué podías temer de los hechos naturales tan obvios después de todo? A lo sumo una molestia una leve tergiversación de las cosas. Azorada y un poco impaciente como otras tantas veces empecé a esperarte incluso antes de verte partir. Tu ausencia se me hacía interminable. Sé que te dirigiste al mar porque al volver tus ojos llenos de inmensidad como agotados por una sed repentinamente saciada. *Aaaaaaahhhhhhh querida, estás aquí* dijiste.

Yo te observé con cuidado.

Dabas la impresión de haber olvidado algo. De haberlo olvidado con maestría.

Ursula,

Los embajadores han sido más veloces que el viento. No tengo objeción a tus demandas, soy un hombre atado a la incertidumbre. Me haré bautizar por Walter, archidiácono de Oxford. En cuanto a las vírgenes, he despachado bandos hasta el último confín del reino, estarán en Cornwallis antes de que los olmos empiecen a perder sus hojas. Los barcos tomarán, en cambio, algún tiempo. He querido que la madera venga de los bosques rubios de Aquitanier. Mis hombres la alisarán como piel de pájaro y después enderezarán las astas y bordarán las velas y adornarán el interior de las naves con tapices y alfombras y almohadones de raso y todo lo que la imaginación sepa añadir: serán bellas como lo imponderable.

Tus demandas, Ursula, son turbias. Pero mi corazón es dúctil. Ahora, por ejemplo, el silencio pasa las manos por el pliego. Dibuja el perfil del escudo que haré grabar en tu barco. El símbolo de la paciencia: una cierva herida que sangra un líquido dorado.

El deseo no sabe de tiempos, Ursula. O su tiempo transcurre y no transcurre con la violencia de un rayo. Tres años pasarán raudos como un caballo asustado.

Nos desposaremos al tercer invierno.

Nada temas.

Llueve.

Los barcos avanzarán en silencio.

Airosos como todo lo que avanza a contrapelo de la muerte.

Las mujeres de pie. Ciertas tardes una lluvia tenue. Otras sobre el cielo la estela roja de un ala de nubes que al reflejarse en el río. De vez en cuando chillonas las aves siguiéndose unas a otras como nosotras hacia algún punto improbable. Y las campanas de los monasterios más próximos informadas de nuestra presencia desde ambas riberas. Y también esas noches disueltas en el espejo del río en que el mundo nos parecerá magnífico como si ardieran a nuestro paso las aldeas. *Por aquí pasó Eimich el Rojo que cruzó la Puerta del Perro en la época de la epidemia del tifus* pensaremos. *Aquí murieron ahogados los judíos. Esta es la ruta que conduce a Hungría y a Bohemia donde los hombres de Godfrey robaban vino y bueyes. Aquí fue visto el niño Nicolás y Pedro el Hermita que predicó entre capetos su misiva celeste. Aquí Silvia de Aquitania y Eudocia la griega componedora de himnos y Marie condesa de Flandes e Hilda de Suabia que viajaba descalza y murió sin ver Jerusalem por aquí. Se llega a Bizancio la petulante. Donde los hombres rezan con cantos perfumados y más allá todavía a la impensable ciudad del dios.* Esas noches de temblor y de miedo.

Hablar con alguien. No soporto esta inercia. Quisiera abreviar algún plan. Decidir quién comandará cada nave.

Silencio. Un murmullo. Alguien viene.

Nunca fui avaro contigo. Te concedí yelmo, lecturas y encantos sin par. Te organicé la soledad para que crecieras más rápido. Fuiste desde siempre mi escudera, la elegida ciega de mi voluntad, mi más querida hija. Pero no excites la cólera de un padre. No levantes tu escudo contra mí. No te vuelvas la enemiga de ti misma. Duelo sería el fruto de tu temeridad. Horribles consecuencias advendrían. Fui más lejos de lo que impone el deber y la prudencia aconseja. Transmití tus exigencias, Ursula. Hice decir a Aetherius que yo mismo voy a reclutar algunas vírgenes. Pero no esperes más. Ser tu padre no me obliga a otra cosa. No sumes, al ultraje, una traición. Mira a tu alrededor. Por doquier hay saqueos y se multiplican sin cesar las matanzas. Hay hordas de hombres espesos que aparecen y desaparecen al galope, con el brillo de la rapiña en los ojos. Hombres mareados de estupro, hediondos de alcohol, escondidos en las cotas y las armaduras, sin más ley ni fe que el gusto por el oro. Los señoríos se pulverizan en sangre o los acosa la hambruma, la peste, la codicia. Las mesnadas se pierden. Después no queda nada o queda el abismo del terror, el mundo reducido a lo humano. Hay regiones enteras abandonadas al caos donde mis súbditos no pueden encontrarse, no hacen más que vagar desgarrados por un grito impostergable, lentísimo, a un cielo que se aleja. Recapacita, el extranjero es poderoso, no excites la cólera de un padre, mi más amada hija, la seguridad del reino, etcétera...

¿Y ahora qué? Los barcos clavados en la rada. Un domingo penoso como un cuerpo desterrado de otro cuerpo y Palladia.

—Ursula de Britannia —dijo desconfiada—, piedra que rueda no cría musgo. Además, ¿no sabes que los barcos llevan siempre a una infidelidad?

Palladia la fiel. Si supieras que anoche Hildebertus los bautizó a escondidas. Conmigo y las costas de Cornwallis por testigos.

—Hace días que te observo, Ursula. ¿Qué te pasa? Pareces un tigre en una jaula.

—Cállate —le ordeno.

De un lado a otro de la cámara espero el fuego la locura total los colores que estallen. Pronto arderá furiosa lucha. ¿Un tigre en una jaula? El mar en la mirada y los barcos como a la espera de una confirmación un poco de existencia. Huiré y me quedaré sin nada. Nada. Ninguna mano se posará sobre mí y este miedo de perderme en una agonía sin objeto. Caer desvanecida en un sitio donde pudieran atraparme. Mi memoria. Debo hacer algo. Palladia se acercó a mí.

—¿Qué dice el extranjero? —preguntó.

Con los barcos llegó un segundo pliego. *No sé. No lo leí.*

Ah Palladia. Partiré y Aetherius hallará este

orden cuando llegue. Imágenes huecas que al irme dejaré adosadas a los muros. La estela de mis noches de insomnio. Nuestra partida fabulosa. Mi ausencia de muerta dormida entre vírgenes náuticas. Se va a sentir mejor podrá soñarme. Su recuerdo tendrá un futuro. Una versión de mí al costado de todas sus violencias. Me duele la cabeza es la tensión. La tentación del sufrimiento. Furori Sacrum. Impetu de la fuga. De un lado a otro de la cámara. Nunca me sentí más viva más alerta. La revuelta es territorio generoso...

Ursula,

Yo, Aetherius, confiando en tu razonamiento y en el consejo y exhortación de mis mayores, me valgo de la costumbre general de mi país y guiado por el antiguo uso, te doy, por la autoridad de este sponsalicium, no una parte indivisa sino una serie de bienes, designados por su nombre y enumerados a continuación, que salen de mi fortuna en donación perpetua para que puedas tenerlos, venderlos, darlos, hacer con ellos lo que quieras, según tu libre arbitrio. Mis mensajeros entregarán a tu padre una copia de este suntuoso maritagium, etcétera...

Postcriptum: Este arreglo fue maquinación de mi padre. Así lo sugirió y no pude negarme. Yo también soy joven, Ursula. Entiendo tu inocencia altiva. No sabes nada aún: cómo se milita en el mundo, la podredumbre del siglo, sus leyes repugnantes. Me lo dice la precisión de tus demandas, duras como piedras. Confía en mí. No es un suntuoso maritagium lo que yo quiero darte sino aquello que no ten-

go. Preparo ya la cámara nupcial. Mi amor crece como un niño abrazado a tu ausencia...
Usaré esos bienes para las limosnas funerarias.

Tiene ventajas ser el heredero.
Eso decías padre. ¿No fue así? ¿Entendí mal? Maestros venidos desde Roma. De memoria los versos de Safo las odas de Catulo la inmensidad de Virgilio. Se me formó en la caza y en los duelos. La esgrima el arte sagitario. Ni un solo encaje. Ningún perfume o tinta sobre los labios. ¿Cuántos meses para enseñarme a manejar el escudo? ¿A ser un solo cuerpo con el caballo y la astucia? ¿A atravesar de un salto las fosas más anchas? Tú mismo amado Maurus repetías la frase de Virgilio hasta el cansancio. *Aprende de mí el valor y la fortaleza genuina; de otros, la suerte.* Decías *Hija mía, si manejas bien la espada, no te faltarán hermosas prisioneras. No olvides que Ursula viene de Arthur, Oso y Artio, la gran diosa gala, y que destruirás al Gran Oso, el Demonio.*

Yo aprendía y no. Me distraía el lenguaje de todo lo que sufre los caballos las naves las flechas las espadas. Todo lo que busca como el alma algo que se evade.

¿Y mi madre?

Daria dejaba hacer. No pudo ocuparse de mí. La consumían las rutas que tomaba para vivir los deseos sin nombre. No fue feliz. No logró perderse más que en su mísera historia personal como quien pone un espejo en el desierto y espera que le sirva como señal.

Tú serás el heredero de mi reino decías. *Oh hija de mi temblor, guerrera valerosa, doncella heroica de mi corazón.*

Cada vez más inflexible más querido. Atento a cada entusiasmo a cada revés porque *en la vida* decías *todo lo que sucede es lo mejor.* No. No es fácil disimular el poder. Tus súbditos te apreciaban por eso. Amaban tu disposición. Nada que justificara nunca el desasosiego. Ni siquiera ese estruendo de conductas extrañas y enfermedades y arbitraria sed que era Daria y por lo cual la dejabas simplemente. Librada a ella misma sin nadie. Que le calmara los recuerdos le aclarara las noches. Tus súbditos te admiraban también por eso. Nunca un rey habló menos de la felicidad la evocó tanto porque *para ese arte* decías *basta ser hábil.* Yo misma guardo la fuerza la confianza en el mundo que mi mano de niña aprendió sorprendida en tu mano gigante. *Ursula* decías, *la primogénita de mi muerte, pronto darás muerte al Gran Oso* y reías.

Una mañana templaste el laúd y desplegaste ante mí las diversas maneras del canto. *He aquí los senderos para seducir a la Dama.* Eso dijiste. ¿No fue así? ¿Entendí mal mi Señor? Ah Maurus el querido. ¿Qué haré para cumplir lo imposible? El Gran Oso acaso es este enigma al que el dios me conducirá en mis naves saturadas de mujeres. Voy a descender. Yo. Tu más amada hija. Tu pensamiento más fiel a punto de infielmente abandonarte. Voy a descender. ¿Quién me despertará? ¿Quién besará mi boca infantil? Se incendiará el enigma en una hoguera. Pronto arderá furiosa lucha. Mare tenebrarum. Ya era hora. Hora de conjurarte padre. Adiós pues. Oh adiós.

La habían perseguido en Armorica y ahora la comisura de sus labios torcidos en un rictus para siempre. La habían torturado. Amarillos sus ojos y un odio como un amor filoso lanzado contra el orden de las cosas. Mi padre la acogió cuando llegó en andrajos. Con una fatiga como una nostalgia enorme por nada en particular. Extasiada en las mareas enormes que la habitan. Saturnia y sus nombres de guerra. ¿Es cierto que alguien hizo cosas indecibles en tu vientre? Torpemente Maurus quiso consolarla.

—Sin fracaso —le dijo—, no existiría la utopía.

Pero ella ni lo mira. Se levanta nerviosamente las mangas se acomodaba el pelo detrás de las orejas. No es más que una memoria que calcula suma muertos. Humillada ella sumaba. Llevando a cuestas su desgracia arrogante. La mirada luminosa como triste y esa manera ciegamente un poco lírica de hablar como hablan los atormentados los resentidos los que reniegan del cuerpo. Y así sus palabras enfermas de un destino que se parecía a la sed ella hablaba entre fisuras. Con cierta precaución como si diera a luz la enfermedad que la aquejaba. La lujuria de la ira pensé. En los ojos el brillo hiriente de la violación. La cicatriz oscura de su historia en Armorica. Ella contó. Finisterra. Una materia pegajosa ensangrentada apareciendo al mundo y su país sobre el mar. Ah cómo brillaban. Sus premoniciones del pasado y ahora qué le queda. Un inventario de noche y nadas. Una doncella en traje de combate para el recuerdo estéril de su rebelión. Espantos de animal herido. Saturnia la de los nombres de guerra. Se tironeaba del pelo. Nada en su pasión abriga a nada. Perfecto pensé. La llamaré. Le cederé el comando de una nave. Será mi primer lugarteniente.

A medida que avanza el tiempo, Ursula, tu imagen se define. Yo mismo me impongo el cas-

tigo. Cada noche, hago repetir a los embajadores lo que vieron. Un desierto ondulado. Líquido, esbelto y lleno de peligros como el mar. Los ojos, duros como dagas, de color cambiante. La más mínima lágrima. Y unas manos entre la noche y la astucia, repentinamente, como si indicaran la dirección del tiempo. No, no es una estatua lívida. Es un cuerpo que brilla como el bronce en la lidia, como un país deseado donde la soledad no existe. Y los cabellos dorados, con bucles, tan parecidos a los de esa equilibrista que vi de niño en una carreta de saltimbanquis. Los embajadores hablan demasiado. Se entusiasman y pierden el pudor. Dicen que tu cuerpo no puede fijarse en ninguna geografía, como una memoria sin ternura. ¿Cómo se entra en tanto frío? preguntan. Pero yo no hago caso. Habrá que aparejarte de amor y de deseo. Después, curarte los espantos. Los embajadores me cansan. Los despacho. ¿Por qué la ausencia es voluptuosa?

Veinte de septiembre,
Aetherius

Un hombre ilícito apuntando en todas direcciones. Buscando en mí la síntesis de esas direcciones opuestas.

Un hombre al que no le fuera intolerable mi mirada absoluta es decir mi ignorancia empecinada. Que contra mí luchara a mi favor. Que amara la condición trágica del río para el cual entregarse es avanzar. Avanzar volver atrás. Que viera en el pasado sólo el nombre de una ausencia tan precaria como la presencia en que la pensamos.

Un hombre en suma fuera de mi alcance o del alcance de mis palabras.

Yo podría amar a un hombre así.

Yo le hablaría de la nada.

De la majestad inalienable de la nada.

Piel aceitunada y el cabello lacio peinado hacia atrás. Dos ojos escuetos de ave de rapiña. Las manos tersas como pétalos. Recorre la fila de mujeres con movimientos calculados. Lentos porque la lentitud sugiere cosas. A veces la boca se le tuerce un poco. Las mujeres la miran transfiguradas *¿cómo resistir a una belleza tan brusca?* Miden el nerviosismo de sus dedos la cabeza que gira el perfil de joven vestal. Sus mejillas encendidas cuando baja los ojos y observa la tierra pero en realidad ve más allá. Lejos. Como bajando hacia la noche. Alguna escena que es imposible adivinar.

Se la ve hermosa hoy en su túnica gris.

Brictola.

Todavía puedo sentir el peso de tu desdén en la nuca al comienzo de nuestra amistad. Mi docilidad te desquiciaba mis maneras suaves *la educación varonil* decías *fracasó contigo, qué desgracia.* No recuerdo cómo ni cuándo ocurrió el milagro. Nuestros encuentros de pronto como un flirteo y esas larguísimas noches donde mi alma se desnudaba esperando atraer con la transparencia algo que la sagacidad no conseguía. Yo estaba deslumbrada por tus ojos hundidos tus convicciones sobre las pasiones humanas como si ya hubieras vivido la vida y ese signo grabado en tu frente.

El mismo que llevas tú dijiste con aire solemne *sólo que todavía no se ve. Puedes estar orgullosa. Todo soñador lo lleva, todo incomprendido. Todo ser* capaz de resbalar hacia la gloria o de alzarse a la bajeza. Gracias a él, escandalizaremos al prójimo.

Me entregué sin medida. A tu arte de acoger mis preguntas con otras preguntas. Cada vez más complejas más abiertas al misterio como puertas multiplicadas en espejos. Un día la misma enfermedad nos detuvo y mi madre. Nadie supo interpretar los síntomas. Un sueño pavoroso un hastío una privación tranquila de todo deseo. Temiendo que fuera contagioso se nos acostó en la misma cama una semana entera. La felicidad como siempre ha borrado toda memoria de esos días. Salvo el peso fugitivo de tu risa algún dibujo de tu mano en el aire. Nuestra mejoría coincidió con la llegada de tu prometido y el comienzo de tus conductas insólitas. Cómo podías desoír así las convenciones. La Corte murmuraba *la enfermedad le arrebató los sentidos* pero yo supe enseguida que tus actos provenían del más hondo razonamiento. Yo debía apartarme. Te inclinaste un poco sobre mí y me acariciabas la frente. Te inclinabas y me besaste suavemente la boca. Ese hombre no supo nunca lo que tuvo. ¿Cómo medir lo que nos sobrepasa? Poco tiempo después se desató el enigma de mi propia vida. Maurus. El funesto extranjero. El mandato del ángel. Los preparativos del viaje. *El pájaro rompe el cascarón* decías. *El cascarón es el mundo.*

Ursula,

Cuán joven y hermosa resplandeces pero qué dura y fría te siente mi corazón. Sé que mis pliegos tropiezan, no saben decirte quién soy. Sobresaltado, espanto la ansiedad. Sería una catástrofe. Hay hordas que bajan sin cesar desde el Norte para robar ovejas y bueyes y sa-

quear los campos llevándose el vino. ¿Por qué no contestas mis cartas? Hace ya casi un año que volvieron los embajadores. ¿Llueve en Cornwallis? Mi padre dice: "Al enemigo, ni justicia. El terror es tu escudo. No te distraigas". Mi padre protege las tierras como un cuervo. El rayo en la mano y un pulmón que escupirá hasta vaciarse. El país tiembla enrojecido.

Y yo, que debiera estar aquí, responder a la muerte con la muerte, yo vendré a tu país como si me hubieran expulsado del mío. Un poco voluntariamente, un poco para salvaguardarme de mi propia inercia, para buscar esa estrella que ganará el futuro de mi descendencia. Yo hubiera preferido otra cosa. Mi tierra es fértil, pesada como esperanza sin asidero. Amo a esta tierra como si la hubiera trabajado mi cuerpo. Pero ¿qué hacer con tu imagen? Desposeído de lo que no tengo, ¿qué me quedaría? Mi padre furibundo, mi madre excesiva, mi hermana. No, no puedo no venir. Viajaré con un canto roto en la boca, que sangra ya de nostalgias, de deseos de volver. A lo lejos se oirá una música de flautas.

Alumbrada por un cirio. Distraída por las telas de cendal escarlata que colman los arcones los muros los tapices venidos de Tesalia. Brictola se movía en mi recámara sin prestarme la menor atención.

La miré con cuidado.

El cabello tirante la túnica gris. Nada ha cambiado. Esa deferencia un poco despectiva que opone a mi premura mi afán de saber. Hice una seña a Palladia para que saliera. Torpemente sale y yo *es preciso* le digo *que acabe esta confusión.* *Los pliegos de Aetherius* digo *no me dejan dormir.* *¿De qué cosas habla el extranjero?* Pero Brictola ni siquiera una palabra. Los ojos bajos mientras las manos rozan delicadas las sedas y yo tiemblo. Como si un roce parecido despertara fugaz en la memoria de mi cuerpo. *¿Me oíste?*

Por la incisión del muro ella miraba los troncos rojos la explanada de piedra donde unos caballos enjaezados. Sin volverse en un susurro apenas perceptible me pide que le lea algún párrafo *cualquiera* dijo *elige al azar.* Yo busqué. Mi voz descalza entre las piedras muerta de vergüenza.

Ursula, estás en mí y no estás en mí. Me ausento y el deseo me persigue. Me acerco y no me curo. La noche larga me impacienta tanto como la breve. Estoy cansado de no ser. Por eso, navego al revés. Me guían tus pasos asustados. No temas, juntos aprenderemos a vivir. Ojalá me tuvieras encerrado.

Suficiente dice Brictola.

Mis mejillas temblaban. Esperé. Pero Brictola se mordía los labios. Largamente calla mirando para abajo y después como algo que empezara despacito a arder. En sus ojos pequeñísimos algo parecido a una cascada a una hermosa hoguera al alba. Brictola estalló en una carcajada. Imparable y contagiosa Brictola se reía. Tanto que yo empecé a reír también. Y así un buen rato las dos muertas de la risa sin saber qué es lo que nos causa gracia.

Silencio y los ojos como si hubiéramos llorado.

El rostro aceitunado de Brictola. Su mirada insinuando algo que acaso he conocido y olvidé.

Yo quisiera volver a preguntar pero Brictola se adelanta. Mueve sus pupilas marrones hacia el centro de la luz dejando descentrada a la nariz.

Enigmas.

O promesas.

Paradisus Magnus.

El barco de Cordula. El más bellamente decorado.

El que simula un castillo sobre el puente. Una ciudad opulenta atravesada en la rada. Siempre ajetreada llena de mujeres. Su interior de marfilina madera de ciprés y un fuerte aroma a aceites. Sin puerta lateral porque Cordula se negó a transportar ella misma sus caballos. Columnas trabajosas y los techos cóncavos y una pequeña recámara oval tapizada de seda roja donde almohadones mullidos hacen las veces de lecho. Una Madonna de las Fresas tan parecida a Marthen y un espejo de cristal con marco de perlas cultivadas. A los costados pinturas hieráticas muertes en angustia estigmatas. Y un Ars Moriendi que su padre le trajo de Sajonia y que *deberías mirar, querida, porque el conocimiento de lo divino* me dijo un día *llega por la sensibilidad, no por la inteligencia*. También había cajitas estuches alhajeros con aplicación de pétalos de anémonas. Y cruces brazaletes anillos de opalina esclavas pendientes y alfileres. Y suaves tobilleras de laurel y monedas de cobre y un rosario de colmillos de ardilla embalsamada. Y a un costado un poco alejado del resto su libro de cabecera el *Itinerarium Curiosum*.

Cordula pasa horas cambiándose de ropa probándose túnicas del color de la manzana. Sayos de telas egipcias de jacinto que al moverse flamean como el fuego o cambian de color como el mar.

—¿A que no sabes qué me consiguió Ervinia? Mira.

Abre un cofrecillo y me muestra una colección de cangrejos.

—¿No te encantan? Ervinia dijo que me darán buena suerte, puedo pedirles lo que quiera. Su poder les viene de la Mente Cósmica, sin intermediarios, saben tanto como tu Dama de la Ciudad Perdida. Te lo digo, Ursula, deberías prestar más atención a Ervinia, te haría bien para curarte esa aspiración al martirio que te ha dado. Míramelos si no son preciosos.

No hago más que hacer planes para mi demencia. Los pliegos de Aetherius pesados como piedras. No entiendo sus reclamos *¿dónde está tu ternura?* Con los barcos en el puerto los días del verano se hacen breves. Los ejercicios náuticos. Pescadores artesanos sirvientes leñadores venían a mirarnos. Un pintor de la Corte registró la escena. Yo aparezco rodeada de mujeres con mi vestido azul. La corona dorada el arco y la flecha y una palma en la mano. Gesto de proteger a las mujeres con mi manto de armiño. Debajo una inscripción en latín *y puesto que las jóvenes no saben prescindir de holganzas, se suben a los barcos, entregándose días enteros a juegos inocentes. Como nunca ganan la anchura, concentran sobre sí las miradas. Magnífico espectáculo este compañerismo entre vírgenes, cosa novísima para todos e inaudita...* También Maurus y Daria venían a mirarnos. Se quedan ahí en la orilla. Azorados de nuestro ir y venir sin comprender el sentido de estos concisos derroteros.

Unas vueltas en el agua regresando al anochecer. Ah madre ¿por qué no preguntas? ¿por qué no te acercas a mí? ¿no auscultas mi corazón desbocado? Algo ocurrirá. Las mujeres dispuestas aman su juventud. Sólo yo tengo miedo. Aetherius dice *penosa comodidad, la del destierro. El país es todo. ¿Qué se es lejos de él? Un alba sin día, una campana sin iglesia, un ejército decimado que olvidó el valor.* ¿Será verdad? Pronto partiremos. Nos arrancaremos a los árboles. Nos perderemos de Cornwallis dulce tierra amarga.

—Tú, Ursula de Britannia, donde vuela el Pájaro Azul en un paisaje inconsistente. Tú, que creciste entre brumas y puentes de piedra, que aprendiste a leer con alfabetos de príncipes, que recibiste de niña la visión de dos cisnes en un agua envenenada, eres el ser más obcecado que conozco.

Palladia hablaba gesticulando me quitaba las ropas. Brictola le dijo que pienso huir.

—¿Qué hacer para despertarte? ¿Para calmar tu sed que ni siquiera busca el agua? La luna es mi testigo. No he hecho más que observarte girar, provocar tu propia muerte desde siempre, como si creyeras que es posible, así sin más, borrar lo vivido y volver a empezar. Ah, si pudiera creer que no es mi culpa. Pero no, fui yo quien te contó la historia de Lauval, el caballero sin memoria; la de Sigeferth, enamorado de la Ciudad en Ruinas; la de Milon que, embarazada del amigo, ocultó a su hijo en Northumbria; la de Guiguemer, que no sabía amar y al herir a un ciervo se hirió a sí mismo...

Palladia parada y yo tiemblo. Su furia como un canto que no se resignara. Mascullaba cosas cada vez más enigmáticas. A punto de que el sueño me venciera hice un último esfuerzo. No supe de qué hablaba. Ninguna luz la sostenía alimentada sólo de memoria. Palladia la fiel. Quise tomar su mano y retenerla a mi lado pero ella se alejó. Lástima. Hubiera querido que me contara de nuevo la historia de Guiguemer...

Saulae vino a verme la noche antes de partir.
¿Ocurre algo?
No, quiero decir, nada especial.
Se paseaba por la tienda con ojos afiebrados.
Eso es mío.
¿Qué cosa?
Los guantes de cabritilla.
¿Los guantes? ¡Saulae! Me los regaló Daria hace años.
Te digo que son míos pero no importa, puedes quedártelos.
Saulae giró la cabeza con violencia. Sus ojos grises peleaban con la sombra y yo usurpé esa vacilación para observarla.
Saulae había sido siempre un testigo. Una ciudad natal. Un punto del cual partían todas mis vidas incluso las que no viviré. Mi madre la recogió cuando yo tenía once años. Apareció ante mí con un vestidito de flores que contrastaba pensé con esa cara de eterna huérfana como si el alma no se le hubiera formado todavía. Los criados giraban a su alrededor como abejas alrededor de una rosa. Excitados por una promesa a la que se creían con derecho. Los brazos y el cuerpo mullidos las mejillas redondas los labios carnosos. Yo pensé que hubiera sido mejor protegerse. Pero Saulae no discernía entre su cuerpo y el de ellos. Entre el elogio y la envidia. Mi complexión delgada menuda. Mi na-

riz recta mis ojos marrones me habían salvado de un entusiasmo así. Yo tuve algo enorme y poderoso como un mundo. El privilegio de mirar la belleza no de poseerla. Por un tiempo largo ni siquiera le hablé. Yo era la heredera de mi padre su único campo de batalla para enfrentar a la muerte. Los asuntos de Saulae no me interesaban. No respondí a sus gestos de amor. Esa urgencia de interponerse entre el mundo y yo si algo me amenazaba. Nunca entendí de qué me protegía. A mí la más fuerte de las dos. Su cariño era un puente pero tendía una culpa oscura.

¿Cuánto tiempo hace que no hablamos?

La pregunta de Saulae como un reproche.

Supongo que no viniste a esta hora para hacerme esa pregunta.

Saulae torció la cabeza como si fuera a llorar.

A lo lejos fragmentos de alguna canción. ¿Qué celebran del otro lado de los muros? ¿No hay nadie que dé señales de alerta? ¿Nadie se opone a mi plan? La medianoche es sitio peligroso propenso a la inspiración. Acaso Cornwallis se despide de mí. Cerré los ojos. Saulae es ahora un silencio explayado. En el campamento oscuro un oscuro trozo de lo amado. De lo ya perdido y de lo que perderé. Una prueba que voy a llevarme conmigo de que no he soñado este sitio o al menos no lo soñé sola. La Torre del Homenaje los parapetos con las enseñas verdinegras el anchísimo foso que rodea al castillo son reales. Las geometrías de la noche y la piedra son reales. La bruma incluso es real. Acaso mi corazón lo sea también.

Saulae caminaba nuevamente. La memoria llegando por capas. Dificultosa. Como si remolcara ella misma a la vida.

La verdad, Ursula, vine a hacerte una pregunta. ¿Por qué emprendes este viaje?

Su pregunta como un punzón. Más ancha que el viento entrelazado a los pinos. La llamé a mi lado como si de pronto una compasión sin límites y sin destinatario. Su pregunta es compleja y está mal formulada. Habría que decir por qué viajamos. Le ruego que se quede.

Quédate. Me gustaría dormir un poco en tus brazos.

La mirada de Saulae más dulce menos temerosa que al comienzo. Se había quitado el manto y yo sentí la engañosa tersura de la seda.

¿Sabemos de qué cosa no hablamos?

Nuestro itinerario será así. Nos detendremos primero en Thyell. Después penetraremos en el Río y lo remontaremos hasta Basel. Después no se sabe. Por ahora empezó la navegación. Todos los peligros reales e imaginados del mar. El miedo a las tormentas los naufragios la enfermedad repentina. El mar nos envolvía como un lienzo. Perpetuum turbinem. Noche y día. Día y noche. Mi corazón prendido a las promesas del ángel. Palladia me alcanzó un té de menta.

—Ayer mientras dormías —le digo— tuve un presentimiento. Un vértigo. Pensé que iba a morir y que esa muerte ocurriría lejos. Lejos de mis padres de Cornwallis. El mundo me pareció una jaula que latía. Yo buscaba una audacia para regalar a las mujeres compartirla como si fuera un grito vivo. Pero Aetherius se aparecía una y otra vez sosteniendo un pliego una cierva. Por un instante el cielo se cubrió y su rostro pálido ojeroso se asomó a mí como queriendo beber de mi locura. Me pedía una caricia un árbol. Mendigaba. Tuve miedo de mi temblor Palladia. Tuve miedo de la miel que esconde un cielo ensangrentado. Todas las imágenes se apretaban al costado de sus ojos. Tuve miedo de desear amar.

Palladia no contesta pero sé que está asustada. Teme lo que acabo de contarle y mis cabellos revueltos en el viento. Y seguro también el talismán que Tarsisia me dio al morir y que ahora cuelga de mi cuello. *Silencio en el Walhalla. El ruiseñor extraviado en el jardín. La rosa en la rosa oculta. Yo vi cómo pesaba la pena.*

—Ahora lo sé Palladia. Ahora sé que la muerte viaja con nosotras. Tiene el rostro mórbido y lampiño. Los ojos como el cielo de Utrecht. Tarsisia me lo dijo cuando me daba las runas *tú no tendrás miedo de la muerte, la muerte es un viaje que nunca termina, algo que se posee o se merece, como un privilegio o un riesgo.* Yo era una niña entonces me dio esta piedra del País de los Seres *te ayudará* dijo *cuando llegue el momento.*

Palladia parpadeó levemente.

—Anoche mientras dormías —insistí—. Repetí los nombres de las naves como si fuera un rezo una flecha lanzada a una memoria ajena. *Viaje Blanco. Asra. Paradisus Magnus. Brigantia. Serpiente de Mar. Specchio. Roccafortis. Corazón Suave. Sombrae. Valquiria. Boreata. Cierva Dorada.*

No tendrás miedo de la Buena Muerte dijo Tarsisia. *Recuérdalo, Ursula, el día es más oscuro que la noche.* Eso dijo.

Entonces Palladia saca de abajo de su manto un pergamino arrugado en el que reconozco en el acto los tres leopardos del país de Aetherius. Su sello personal. Una calavera y arriba escrito en latín

Yo, que soy dulce como la muerte.

—¿Y eso qué es? ¿Cuánto tiempo hace que lo tienes? ¿Por qué no me lo diste antes? ¿Cómo te atreves?

Mis gritos no parecieron inmutarla.

Estira la mano sin pestañear desvaneciéndose en el acto.

> *Ursula,*
>
> *Anoche nevó desde el Norte. Soplaba un viento gélido. Mis consejeros murmuran, dicen que me engañarás, que no cumplirás tu palabra, que tienes planes sórdidos. Como es peligroso que el rumor se propague, han propuesto un rapto, un apresurado cumplimiento de los esponsales. Mi padre igual. Quien se atreva a escarnecer tu deseo que es el mío (me dijo) conocerá la desgracia. ¡Sépalo así la audaz! Pero yo no hago caso. Espero el viento que me llevará a Cornwallis cuando venza el plazo. También tuve un sueño extraño, oí estas palabras: "Estoy como una ausencia en su jaula. Entre el canario invisible y el juez imaginario, es decir un salto mortal. Algo temía caer en su propio vacío".*
>
> *No entiendo. ¿Tú sí?*
>
> *El insomnio me separa de tu cuerpo como otro invierno.*

Pocos días antes de partir en uno de nuestros ejercicios náuticos. Una costa arisca no lejos de Cornwallis donde nos detuvimos por curiosidad. Mañana helada y arces bordeando el mar. Me alejé para examinar el terreno. Tarsisia en la memoria. De pronto un corredor de tumbas el graznido perplejo de los cuervos de mar. Tristes plañían. Las tumbas semiabiertas multiplicándose a mi lado. Los relieves hablaban de una negociación. Boato en la Corte y una escena de adioses nunca consumada. Los cancilleres enfrentados a un maestro de ceremonias que dirigía actores. Murallas y ciudades al ras de la marea y el motivo repetido de la rosa. Unas naves parecían extraviadas. Conjunto que se anuda y se desanuda. Como fantasmas cargados de lenguaje yendo de un puerto a otro. De una orilla a otra. Pero no había puertos ni orillas las naves simplemente perdidas por la muerte. Todas estas cosas contemplaba maravillada en las piedras sin entender su sentido. De pronto vi grabada una oscura necrópolis. El viento habló de una rebelión costosa. Miles de cuerpos ultrajados un confín inalcanzado y también (creí entender) algún descubrimiento. En una de las piedras se leía *Pax Aeterna... dulcissimae et innocentissim filiae qua vix ann... filiae rarissimae... et omni tempore vitae suae desiderantissimae...* Y algo más que me llenó de terror. Comencé a caminar hacia atrás y después corrí en dirección a los barcos hasta perder el aliento y me arrojé en los brazos de la primera mujer que encontré. Esperé así escondida hasta que el color me volviera a los labios. Pinnosa no me vio. Yo guardo para mí este enigma. La fecha grabada en la piedra correspondía a un tiempo venidero.

Al cabo de un rato desperté.

Saulae me miraba. Como el campanario ella también en vilo a la espera del día y la partida.

Junté fuerzas. Tengo esta deuda con ella. Hablé como si volviera de un sueño.

No olvido tu pregunta Saulae. Sólo que doy

vueltas sin hallar la respuesta que mi alma busca para las dos como una reparación de algo. Sé que el tiempo apremia. Yo querría Saulae anular tu tristeza llevar estas naves hacia atrás. No hacia la eterna ciudad del dios. No hacia Colonia ni siquiera hacia el país oscuro de la infancia sino más atrás. Donde nada hubiera comenzado aún porque una vez que algo comienza es como si hubiera comenzado el final como la muerte con la vida. Pero eso no es posible. No es posible anular. Ni siquiera corregir los pormenores desde una voluntad de aguas vagabundas porque a pesar de los dibujos caprichosos del agua el río tiene una corriente y no se puede desandar. Hay que contentarse con vivir.

Oh Saulae el pasado es nuestro riesgo mayor.

Todo lo que nos queda es el viaje. Ese túnel para comunicarnos con aquélla de nosotras que no fue. O para comunicar a aquella que no fue con su propia pérdida como un corpus delicti. Al viajar podríamos tramar una historia que diera la sensación de estar haciéndose en medio de un temporal. Una historia sin nombre que buscara su forma y acaso no exista ni siquiera cabalmente como deseo. Pero que fuera ella misma una saturación de historias tan densas que no resultara necesario contarlas. Habríamos llegado al punto donde sólo lo secundario importa.

En verdad Saulae habría que viajar sin rumbo. Buscando familiarizarse con las cosas. Para vaciarlas de lo humano y devolverlas a su propia belleza su propio sufrimiento inmóvil. A lo mejor así nuestra oscuridad sería más clara.

Si pudiéramos Saulae no distraernos de lo que se esconde. Nosotras mismas. Tal vez podríamos recuperar ese enigma que nos atrapa entre la vida y la muerte. Pulsación inconclusa hecha de retazos semiborrados que continúa en otra lengua. Esa lengua que sólo la muerte conoce y a la cual se refieren las palabras siempre. Y si todo esto no bastara Saulae podríamos hallar aún otro motivo. Decir que viajamos porque la insatisfacción que nos producen nuestros actos es tan ardua que sólo mediante una suma exacerbada de la insatisfacción podría tolerarse. No sé. ¿No es eso el viaje? ¿Un mero placer derivado de lo que no se posee no podrá poseerse nunca? ¿Una nostalgia desprovista de objeto? ¿Una forma espléndida de celebrar un fracaso? No sabría qué agregar. El viaje acaso sea un destino. Como toda incomprensión. Una luz en la cámara áurea de la muerte.

—¿Y Aetherius? —preguntó Saulae sorprendidísima.

¿Es él? ¿Atila el Rojo? ¿Aquel hombre con el cráneo calvo? ¿Enfundado en su arrogancia el cetro de Imperatur su gonfalón bordado? Alguien me empujó con violencia sin darme tiempo a reaccionar. Me cubrieron los ojos con una banda negra y me obligaron a seguir. Sentí unas flechas que zumbaban como apuntando al pecho los ojos la garganta de las mujeres y unos caballos desbocados y unos cuerpos que se arrastraban por el suelo las rodillas plegadas amenazando con armas. *Algo trágico ha sucedido* gritó alguien del lado de los barcos. ¿Qué? ¿Dónde están Pinnosa Cordula Isabel de Schonau? La gritería era infernal. Las mujeres corrían de un lado a otro como si estuvieran presenciando un incendio o algo peor. Me empujaron otra vez. Perdida entre espadas y lanzas y mazmorras que volaban por el aire avanzaba sin ver. El corazón en vilo entre palabras soeces de unos hombres que desenvainaban el odio la muerte. Acostumbrados como estaban al pavor blanco del Báltico. La horrorosa eternidad de las estepas. Por un momento la venda se movió y logré espiar. Era esto el presagio del ángel. Las gargantas abiertas los hilos de sangre como diademas y esas cabezas rodando entre los pastizales. Vi levantar una pira entre alaridos de terror. Las túnicas rotas. Los mantos deshechos. Y los hombres violando los cadáveres tirándolos al río apurados por borrar el rastro de sus crímenes. *Le fléau de Dieu* volvieron a gritar. Contra el perfil oscuro de Colonia un enorme campo de broderie dorado manchado de sangre. Los perros ladraban. Y el humo las llamas las ruinas de los barcos. Una furia pudo desatarse en el cielo y hubo truenos en mi ceguera y pánico y aves sigilosas. ¿Cómo no lo advertí? ¿No reaccioné? ¿No presté atención a Isabel al tenaz Alberticus? Yo había seguido sin importarme nada. Obsesionada por una idea absurda inventada infeliz. Por un instante creí ver a Pinnosa. En la explanada completamente inmóvil como si fuera un árbol una palabra atada a lo que invoca. Tan natural como el silencio la felicidad como si la vida hubiera alcanzado por fin un cenit. Y ahora la muerte pudiera crecerle adentro y la luz aspirándola así completamente por eso nadie la ve. Alguien me sacudió y volvió a ajustarme la venda. Me agarra por la espalda. Me empujaron con violencia hasta la tienda de Atila. El pelo me caía en desorden sobre los hombros. Me obligan a arrodillarme ante él. Ese hombre reía. De un gesto lascivo ordenó a sus soldados que me quitaran la venda y me hicieran girar. Nunca nadie me miró así. Ese hombre debajo del cetro cubierto de pieles de bestias y unos ojos más negros que los cuervos. Me mira como si yo fuera algo sagrado. Temblé. Estruendosamente los caballos las armas que chocaban el grito atronador de las mujeres. ¿A qué atenerse? En el campamento del Imperatur todo resplandecía los estandartes blancos los escudos rojos la desventura. Ahora ese hombre dice algo en un lenguaje que no entiendo. Baja la cabeza y veo surcando el cráneo una cicatriz sonora como un relámpago. Alguien se acercó. Más despreciable que un reptil. Más inmundo. Un monje que traduce un renegado. *Atila* dice *está dispuesto a perdonarte la vida si aceptas desposarlo*. Más risas. Y los gritos pidiendo auxilio que no cesan. Es un río ahora de sangre que me cubre me mancha los dedos se mezcla a mi saliva me envuelve como un lienzo. Oh Isabel si te hubiera escuchado. Los secuaces de Atila me miraban como perros famélicos. El monje soplón me toca embelesado con sus manos pegajosas frías. *Ursula Regina* susurró con sarcasmo. Me toca las mejillas y abre mis cabellos a la luz pero Atila se enfurece y lo amenaza con cortarle las manos. ¿Qué piensa el Imperatur? ¿Cómo sufre? ¿Qué espantos se trabaron en sus sueños? ¿Qué ternuras? El que viene de Oriente ha visto las cuevas de dioses infinitos los santuarios de pájaros las ciudades rosadas donde los hombres se alimentan sólo de faisanes. Tengo miedo. Un miedo como un río encabritado al borde de un promontorio de vacío. Me obligaron a bajar la cabeza y a escuchar de nuevo la proposición. *Te perdonará* repitió el monje *si aceptas*. El ruido era infernal. Un esbirro de Atila me apuntaba. Pude ver sus calzas verdes y una aljaba de terciopelo donde guardaba las flechas. Atila le ordenó disparar si yo no contestaba. El monje transmitió su oferta por tercera vez agregando que el Rey de los Hunos alababa mi belleza y *piensa en la vida de tus compañeras, las que gri-*

tan, las que aún no han sido eliminadas, hija mía, etcétera. Bajé la cabeza y espié el talismán. *Silencio en el Walhalla. Un ruiseñor extraviado en el jardín. La rosa en la rosa oculta.* Entonces el tiempo se detuvo y sin que nada lo anunciara yo vi. Un fresco indescifrable y fulgurante cuyas escenas transcurrían en desorden frente a mi corazón. Es mi vida pensé. Vi a la niña que fui treparse una mañana por un muro para medir la altura exacta del asombro. Las áreas de mi cuerpo que no conocieron su nombre. Las caricias que Daria no me supo dar (o yo no supe recibir) y que fueron enigmas fabulosos en la noche verbal de mi tristeza. El olor inconfundible de todos los puertos. La vez que comprendí con la claridad del rayo que las estrellas tejían el mismo cielo para todos los reinos incluso el de los enemigos. Vi los espejos no escritos de Isabel de Schonau doblemente misteriosos porque contienen lo que se escribirá en ellos y sobre todo lo que no se escribirá. Vi la primera rebelión montando en mi pecho como un fuego. La primera nieve del primer invierno en la primera memoria. La diferencia entre un héroe y un sabio que Hildebertus me explicó la tarde antes de partir. Cornwallis y su escudo y el gran círculo hereditario de las estaciones tan mágico como el círculo de Tarsisia. Vi la lluvia de pétalos con que Pinnosa me despertó una mañana en el monasterio de K. La inmensidad de Virgilio. El esplendor de Roma donde ningún sueño es avaro y la desesperación deslumbra. Vi los barcos que nunca dejaron de avanzar aunque supieran que eran sombras de otras sombras y el río pasajero en un mundo también pasajero. Las Antífonas de Hildegard de Bingen que no escucharé pero eso no tiene la menor importancia. La biblioteca de Pantulus ancha y ávida como un secreto. La vez que galopaba por las afueras de Basel y descubrí que estaba enamorada del universo. El alba que es un comienzo y la noche que también es un comienzo. Vi la dicha de Tarsisia al recibirme y la de Pinnosa al despedirme que eran la misma dicha (en ambos casos yo llegaba). La amada hermosa del hombrecito de Mainz. El ángel que entraba en el sueño con una pluma en la mano. Y las mujeres todas y Aetherius y lo que hice y no hice o no supe o pude hacer porque todos fueron rostros bajo los cuales quiso amarme el dios. Y luego imperceptible casi resbalando hacia el presente vi la nave celeste de Pinnosa que se alejaba hacia el nacimiento del río y también a Atila reiterado mil veces. Contra un fondo de fiordos y lunas minuciosas vi su perfil de águila multiplicarse sobre un cuerpo de árbol. Un bosque de águilas de mármol en hilera. Como una gran muralla humana horrenda y fascinante pensé. Si pudiera empujar esa pared. Si pudiera empujar esa pared vería la nítida oscuridad de lo real. Todo el rencor el desamparo el miedo de morir la indestructible angustia de los seres humanos mientras al fondo inexplicablemente el sol y la luna y las aves y el agua no se desvían de su curso. El monje me sacudió ligeramente. Esperaba hace tiempo mi respuesta. Levanto la cabeza y digo con firmeza que no. Atila ordenó disparar. El aire se llenó de gritos desolados. Un fuego nupcial como nunca ardió para novia alguna se enciende en torno a mí. Una locura abriéndose paso. Un osario de sombras. Y unos castillos de neblina como barcos-fantasmas inmóviles para el viaje inasible del extravío humano. La flecha tardó una eternidad. Tardaba y yo grité. Y el monje que insistía cada vez con más violencia me agitaba como si quisiera despertarme de qué sueño. El esfuerzo de la flecha por llegar era tan arduo y yo extasiada y sin sentir otro dolor que el de la espera. Era atroz sentir cómo tardaba.

EL SUEÑO

Ciertos reflejos rojizos en el pelo ciertas mechas ocres y saladas que contrastan con los ojos claros. Y un corazón que no distingue entre sí mismo y el mundo. Como instalado en una patria espiritual que ve lo que no ve la mirada. Pinnosa es una mujer lenta. Delicada como un ritmo otoñal.

En una escala próxima a Colonia paradas frente a frente al lado de mi barco. Es el alba. Tal vez dice algo *hace frío hoy, un frío límpido y denso.* O *pronto nevará y los lobos atravesarán Oberwesel.* Me pidió que cerrara los ojos. Sabe que estoy triste pero no preguntará. Pinnosa nunca pregunta. Con los ojos cerrados es más fácil sentir el peso de las cosas. El cuerpo como un árbol. El árbol flotando sobre el agua. El mundo que se mece.

Parte de la premisa de que todo lo que haces está bien.

Dulcemente imperativas sus palabras se suman al murmullo del viento. Y después como las ondas que hace una piedra al caer en el agua reverberan todavía más lejos. En los otros barcos. En este cielo y en el de Cornwallis. En lo que ha precedido este instante y lo seguirá.

Pinnosa ahí. Con su túnica blanca y esa especie de cinta dorada que ciñe su cabeza trenzada con lana y ramitas de laurel. Esta confianza en algo que no veo es todo lo que tengo. Ignoro su pasado de dónde viene quién es. La acepté para el viaje sin preguntar. Como quien acepta una felicidad una desdicha. Nunca comprendí la hostilidad de las mujeres desconfiaban. Decían que había vivido otras vidas. De pájaro y leopardo y también de astrónoma y de maga. Que escuchaba el futuro en el arrullo de las cosas en los pasos de los hombres en la soledad de su cuarto. Nunca nadie la vio dormir. Las letras no escritas entendía. Lo que nunca se dice. Rezaba en un idioma extraño lleno de frases rotas suplicantes como ruinas. Y se reía como un niño de los sufrimientos porque *sufrir* decía *no sirve para nada.*

Una mujer me dijo un día *yo la vi relumbrar como un rayo cuando cruzaba el campamento.* Otras afirmaban haberla visto en Cornwallis en momentos en que giraba en una danza extática con una piedra negra en las manos. Decían que esa danza era un riesgo porque se parecía a la danza que un aprendiz enloquecido de Heráclito había bailado hace siglos. En la noche en que el mundo fue de fuego Pinnosa no se inmutó. Sus palabras como una cuerda de cáñamo siempre fieles a la oscuridad porque *la multiplicidad de todo lo que existe se expresa así* decía. Las mujeres no le interesaban le interesaba la humanidad. Lo que ella llamaba el Gran Quebrantamiento.

Cualquier cosa que hagas repitió *estará bien.*

No en el sentido de perfección, claro, sino bien como está bien vivir. No existe un sitio único a la cabeza de las cosas, existe sólo nuestro vagar confuso y ciego hacia la luz. La verdad dibuja una red, Ursula, penétrala.

Yo querría que Pinnosa siga hablando. Tal vez para aprender sus palabras de memoria. Descifrarlas después cuando esté a solas conmigo misma (pero es ahora que estoy a solas conmigo misma). Inútil. ¿Para qué acopiar algo que no entiendo? Pinnosa ya no hablará. O hablará una vez más del destierro occidental la ciudad peregrina que no sabe retornar porque ha perdido la memoria. Y después vendrá el día su trama abigarrada el vocerío que confunde. El día y las mujeres esperando de mí lo que yo espero de Pinnosa. Una promesa. Un sentido robado a la muerte o acaso a ese mosaico grandioso que es la existencia. Para mi sorpresa Pinnosa recomenzó. *Consentir a la sed* decía *a toda atadura, a lo más hondo de una presencia infranqueable como un muro, y luego trazarle alrededor una amatoria circular, vacía, fulgurante. Puedes abrir los ojos* dijo y enseguida unas palabras en latín y sus manos en mi frente.

Entonces la vi sonreír.

Sé que va a despedirse de mí con alegría.

Como quien ve a alguien llegar.

Colonia ciudad reina.

Un puente de madera roja sobre el río anchísimo.

Más allá de los techos de tejas con arcos tendidos y torres las agujas soberbias de la catedral. Pensé que me ahogaba. La gente contra las murallas para vernos desembarcar. Algunos entonaban

salmos *Dominus pars*. Las mujeres de pie. Las ojeras contra el tafetán el damasco de los vestidos.
Había corsets atados con cintas de raso. Mejillas
altas suaves cabellos trenzados en coronas de pelo
de cierva. Toda la belleza del desamparo y la transhumancia. Primero cayeron las anclas. Pude contar los mástiles ver la nave redonda de Pinnosa la
jaula de las bestias. La tiara de Clemens el obispo
contra el sol tibio de octubre. El perfil de Colonia
como dibujado para espectadores del cielo. De izquierda a derecha la torre de Bayen el campanario
de San Severín Santa María del Capitolio el templo
de San Cunibert. Y más allá los bosques de cedros.
Y unos graznidos como de búho o corneja. Hemos
llegado. Cuando terminamos de desembarcar el
obispo que nos recibe se arrodilla y dice:

—Hermanos, vivimos un tiempo redentor,
beati quorum. Nosotros aquí y hay hombres que
cruzan la anchura del Danubio y después, la penín-
sula balcánica que es réplica, dicen, del arco de los
Cárpatos. A partir de Belgrado, esos hombres siguen a pie hasta Viminacium y por las puertas de
Trajano, acceden a la villa de Adrianópolis y también a la llanura de Tracia, a cuyo extremo oriental
está Constantinopla. Esos hombres, hermanos,
atraviesan el espanto de la Transilvania, la trampa
de los desfiladeros y el poderío de las plazas fuer-
tes bizantinas, sólo para divisar después los Darda-
nelos e internarse en las estepas de Anatolia, de-
sembocando en Antioquía, puerta de Siria. Altísi-
ma misión liberar la Tierra Santa, atestada como
está de secuaces del Impío. El nuestro es tiempo de
combates. Pero al Señor no le ofenden, muy por el
contrario, otros gestos como el que presenciamos
ahora. Los peregrinajes, los rezos, los diezmos, las

donaciones y todo lo que ayude a financiar la Gran Aventura son igualmente edificantes y no han de ser ignorados. Ninguna contribución es deleznable. Demos la bienvenida a estas pobres criaturas bienintencionadas. Volat irrevocabile tempus, Miserere Dei.

El obispo se deshacía en atenciones nos alojó al instante. Antes de irse me pone un pliego en la mano. Nos ha precedido un mensajero. De un temporal o acaso de un campo destrozado trajo la queja atronadora la amenaza de Aetherius.

> *Ursula,*
>
> *No hagas de la vida un sueño mezquino. No me dejes cautivo a la intemperie de tu cuerpo. El amor existe ¿por qué huyes? Yo sólo ansiaba mirarte en tu propio espejo. Distraerme del peso de las armas, la invariable infamia que circunda al trono como un bozal. Yo pensé compaginar tu cuerpo con las ideas dispersas con que intentarías comprender el mundo. Hubiera podido alumbrarte para que vieras la fuerza de mi amor, para ser yo mismo el escudo que tu vida secreta. Tu partida me condena al precipicio. Esta errancia giratoria que elegiste no conduce a nada. Experiencia absoluta de un dios sin modos. Sin exitus ni reditus. Yo quería tus pasos, Ursula, no tus huellas. Tu habitación fija, no tu cadáver.*
>
> *...*
>
> *Mientras te escribo ahora, el reino entero está temblando. Palpita, entre el despecho y la furia, con tu alejamiento. El cielo se cubre. Una cosa negra es esta herida que tu desaparición nos inflige, a mi reino y a mí. Mi padre*

aúlla: "Ay de la rebelde. Terrible será el castigo de la temeraria. Alcáncela en su huida tu corcel."

...

Ursula, todo paisaje ajeno es una tumba. Tú debías venir, no irte. Acompañar mi orgullo, no pisotearlo. Ahora, ya no sabré quién soy y es peligroso. Tú misma lo has buscado. La herida sangra por los poros, tiene las garras afiladas.

...

¿Qué fue lo que hice mal? Yo cumplí tus condiciones, me hice bautizar por Walter, desoí a mis consejeros. No quise ver. Todavía tirito de vergüenza. Yo amaba la tela de ese sueño que crecía en mi recámara, me acostumbré a tu cuerpo tibio, fui la noche que te entraba. El sueño me ha perdido. Muero de tu retardo en la ternura. Zarparé de inmediato. La huida no existe, Ursula. Nadie escapa a la noche que lleva adentro. Cuando leas estas líneas, ya estaré navegando. ¡Así se cabalga en el agua!

4 de junio,
Aetherius

—¿Vieron? Yo les dije. Ahora veremos la verdadera cara del lobo.

Cordula sonríe satisfecha. Me miró de soslayo. Sus palabras resonaron en el claustro ante un puñado de jóvenes.

—Bah —continuó—, a mí no me sorprende. Conozco a Aetherius muy bien. De santo, no tiene un pelo. Apenas es un joven de estatura normal, manos un poco afeminadas y dientes separados, señal de felonía. Su juego es calculado: primero amenaza, después promete, apuesto que acabará tratando de inspirar piedad. Bicho traicionero, cobarde, hambriento de aquello que no es suyo. Igualito a los demás. Y encima, con esa execrable manía del orden, esa pobreza que desvía, siempre, de las grandes emociones. Atado como está al pasado y a la historia, no tiene sensibilidad para lo efímero, no disfruta las ruinas de lo nuevo ni entiende el placer ante lo inhóspito. Nada podrá recuperarlo. Por ahora, claro, lo salva el amor propio, el apuro de probar su virilidad pero de ahí a creer en su pasión... Una vez saciado, ese supuesto amor se perderá en su memoria como un adversario derrotado. Dicen que es enemigo jurado del dragón de su padre, que es menos sanguinario, puede ser, pero no menos taimado. Su pesadumbre ante la vida, su tendencia al encierro y la pasividad. ¡Qué aburrimiento! Su amor egoísta por el reino no es otra cosa que un cansancio, un miedo a perder sus privilegios. Lo he visto aborrecerme porque no me sometía a sus discursos. Tiene el alma débil, claudicante, por eso es nervioso. Le gusta mentir, presumir como un león ante su madre y después se somete como niña delicada ante otros nobles. Una vena le late en la sien izquierda. No hay tiempo que perder, hay que partir de inmediato.

Hermosa en su vestido de faya en dégradé de lilas con florcitas en el canesú Cordula arengaba sin mirar a quién.

La eficacia de su diatriba es cortante.

Después se va entre oropeles y llantos dejando a todas embelesadas.

—Se morirá sin encontrarme.

—...

—Su nombre cargará con el peso de un viaje interminable. No me alcanzará.

—...

—Su persecución es un despojo una nueva invasión a mi destino. Por su culpa renuncié a Cornwallis a Maurus a mi madre Daria. No me quitará también mi rebeldía. Este viaje es lo único que tengo.

Marthen me dejó desahogarme.

Marthen. La que usa vestidos de lino púrpura o azafrán.

Me había tomado del brazo arrastrándome al otro lado del claustro lejos de Cordula. Un sarcasmo levísimo se diluyó en sus ojos más verdes que la sombra y los hoyuelos ésos. Marthen sonreía sin apuro como si todo en el mundo fuera expectativa de un comienzo y no comienzo de nada en particular. Me fijé que en su pecho se movía un collar de piedras negras. Y que en el tono cobrizo de su piel había un fulgor. Como induciendo a aquellos que la amaban a indagar lo que ignoraban de sí para dárselo. Exactamente como yo ahora.

Marthen pestañeó.

Los amantes, Ursula, se dan sus cuerpos como noches. Yo creo que podrías amarlo, ¿por qué no lo amarías? El despojo de que hablas no existe: nadie puede quitarte sino aquello que no tienes. Y en cuanto a este viaje... vaya a saber a quién le pertenece.

—Olvidas que yo era la heredera de Cornwallis —me sublevé.

Cierto pero se interrumpe ahí como declarando abruptamente terminado un juego. Y yo con una furia como esas que los niños sienten cuando los adultos. De pronto me distraje. Mis ojos se alejaban por los arcos del claustro. Pilares. Techos de madera. Figurillas esmaltadas en combate. Marthen venía de Durrow. Le gustaba propiciar la unión de los contrarios porque *la unión de los contrarios* decía *es la mejor manera de cancelar la distancia sin suprimirla, y esto es fundamental, Ursula, sobre todo en la intimidad.* Su familia viajera pudo haberle inspirado esta idea. Quién sabe. Un sátiro rodeado de dragones acaparó mi atención. Había de todo allí. Hidras. Grifos. Machos cabríos cubiertos de plumas. Basiliscos con ojos en los hombros y una boca en forma de herradura en la mitad del pecho. Toda la lujuria del miedo en una geometría de tridentes. Es admirable el rostro del infierno. Marthen pareció cavilar algún secreto.

Estoy segura de que lo amarás dijo por fin. *Pero antes...*

—Antes ¿qué?

Tendrás que renunciar a la belleza.

—¿Qué tiene que ver eso con Aetherius?

No sé. A lo mejor, la belleza no es más que una inminencia, una tristeza que no cuaja en nada y, por eso, deslumbra como el fracaso. Ya lo averiguarás.

Yo me quedo mirando los hoyuelos ésos.

Entre ellos y el claustro había algo en común.

K. es un monasterio incrustado en un terreno elevado.

Un exabrupto de rocas contra el paisaje. A media hora de marcha desde la gran ciudad. La torre cuadrada de muros espesos cada tanto la incisión de una cruz. A un costado la iglesia y la escuela de canto donde Ottilia toca la mandolina. Hay un toque de queda a las nueve. Los monjes ofrecieron renovar las vituallas. Siete sacos de harina un buey tres ovejas once galones de malta y algunos terneros y leche. También recibí un caballo. Bouraq. Un hermoso caballo blanco de crines apuradas.

A lo mejor Aetherius yo misma te he creado. Como una forma de llegar hasta mí tú no me sigues. Yo te obligo a seguirme y después huyo. Naturalmente. Tu persecución es la prueba de mi huida. Mi huída la prueba de que te amaré. Al menos eso piensan Marthen y Brictola. Todo es simple como un malentendido. Además ¿de qué podrías quejarte? También el mundo del dios vive de espejos. El río avanza siempre. Sólo nuestra posición cambia. Navegamos o no podemos navegar.

(Escribo este pliego y lo rompo enseguida.)

Por la noche apareció Saturnia.

—No podemos quedarnos, Ursula, Aetherius nos pisa los talones.

Un perfil peligroso como daga.

—¿Oíste lo que dije? Aetherius nos sigue con su flota, trae a su madre con él y a su hermana Florinia.

—¿Y de dónde sacas eso? —me sobresalté.

—Las mujeres nunca se equivocan.

Como toda persona ensañada consigo misma Saturnia oscilaba. Entre la ingenuidad y lo brutal el rencor y una benevolencia rara. La vi arremangarse y tironear del pelo hacia atrás.

—¿Se puede saber qué vas a hacer?

Vacilo. Busco una frase capaz de sembrar en ella una duda. Quebrar una épica. Interrumpir el collar asfixiante del odio. Cuidadosamente abruptamente busco mientras ella al borde de la condescendencia. Soy yo la que no entiende. En su mundo la retórica no existe. Como en la infancia una cosa nunca es su contrario la fealdad no forma parte de lo bello la muerte y la vida no tienen nada en común.

Saturnia bajó los ojos de pronto y yo sentí pudor. Alguna herida se soñaba en ella todavía.

Me conoces mal, Ursula.

Cierra las puertas a lo que crees saber de mí y escucha, por una vez, mi voz. Escucha la voz de la rebelde, la que vivió en la cresta de la historia, y no tuvo parte en la mentira.

En Armorica, mis sueños eran bellos. Nunca supe cómo empezó la muerte. No conté los cadáveres. Debí partir al alba sin mirar atrás. Me dolían los huesos, el invierno, los pies ensangrentados. Yo atravesé el mar y vine hasta tu tierra. Tu padre me acogió. Hubiera sido ingratitud no seguirte. Pero estoy cansada de tu huida. Te miro y me enervo. Tus heridas egoístas, tu propia suerte que te embriaga. ¿Qué es un odio que no reverbera en otras manos? Tu mundo, Ursula, es mezquino. Tengo vergüenza de este viaje que me aleja aún más de lo que fui. Furia de este tiempo que cancela mi memoria asesinada. Miedo de agotarme en tu vacío y no poder ya convocar lo que pasó: el cielo se cubría aquella tarde, los vasallos brotaban de la nada, hombres y mujeres armados de un resentimiento milenario. Ser por un momento algo más que un cuerpo aislado, la fuerza arrolladora de las cosas, la grandeza de lo trágico. ¿Qué hago acá? No recuerdo cómo me llamaba. He olvidado los rostros, el color de las bocas. Ya no sé cómo hablaba, cómo era mi alma en los combates. Titubeo. Caigo en mi corazón que pierde todo, incluso la insolencia. Ellos, los otros, irrumpieron de noche. Hablaron de un motín intolerable. Encendieron las teas y aceitaron los grillos. Se nos fueron metien-

do en las entrañas, como un reptil viscoso. Ah la Historia. Decían que el crimen era nuestro. Nos matarían a todos. Se arrepentirán, decían. Yo habría podido ser otra. Pulir la justicia, acariciarla como a un pájaro. Una vida más útil, no este vagar separada del mundo, lejos de la necesidad y la violencia, de los nombres concretos de mi cielo, que tu cielo me arrebata.

Escucha, Ursula. Escucha mi voz. Yo no entiendo tus actos. Yo transmito simplemente un mensaje. Aetherius nos sigue. No sumes a mi espanto otra flaqueza. Ordena que partamos, enseguida. Que tu viaje tenga al menos un sentido. Mi dolor se mece en capas ondulantes. Esto es la derrota.

Saturnia consiguió alarmarme. (Ella y Aetherius se parecen. Los dos aman su patria con encono. Los dos se desprecian a sí mismos.)

No la soporto. ¿Hace cuánto que vive? ¿Cuánto que ejerce su poder sobre Cordula? Tampoco yo le gusto. Nuestro desdén se aprieta con la cercanía como un nudo. Ayer la espié mientras narraba a unas muchachas la sedición de Poitiers. Tergiversando todo ella contaba y en su afán de distorsión.

—En Poitiers —decía— los hombres murieron en su ley, revolcándose en cajones llenos de ratas. Morir así vale la pena.

—¿Qué quieres decir? —preguntó alguien.

—Que, al menos, nadie los engañó, nadie les hizo creer en los Milagros de la Hostia.

—¿Qué Milagros de la Hostia?

—Los que prometen el Paraíso y el orgasmo de la hembra, porque el primero es inaccesible y el segundo falso, siempre.

Ervinia hablaba y las muchachas dejándose embaucar por esas fábulas sin moraleja plagadas de pérfidos reyes y mujeres descabelladas.

—La más estricta realidad, querida —corrigió Cordula a mi lado adivinándome el pensamiento.

De pronto una joven se adelantó y murmuró algo al oído de Ervinia.

—¡Por el vientre del dios! ¿qué desafuero hiciste?

La joven se limitó a sonrojarse.

—Perecedero y lleno de tinieblas y fango es el mundo —sentenció Ervinia—. En él vivimos, más desorientadas que ciego sin báculo. Sobre nosotras se ciernen las pestes, los besos infectados, y esa insufrible plaga humana de escrúpulos difuntos que tienen piojos por salario y necios por señores. Tal la habitación terrenal y no la noche de seda que pretenden algunas —carraspeó—. Pero algunos remedios existen, por suerte. Las cerezas de Tours aligeran los partos, el laurel la gota, la orquídea pequeña cura las esquirlas y el tamarindo las penas invisibles. Mira, pones una pinta de baya de saúco, un 1/4 de aceite de castor y una cucharada de euforbio en una mezcla de incienso, nuez moscada y amáraco. Con eso te frotas el cuello, los brazos y las piernas. Después te cubres la cabeza con el resto y duermes así, ya verás.

—¿De qué habla?— le pregunté a Cordula.

—De nada que te incumba, por el momento —me respondió altanera y bella como nunca y casi sin mirarme.

Ursula,
Tú no conoces los héroes que pueblan mi memoria. No sabes de las gestas en medio del hielo y los lívidos cadáveres. De los jóvenes que

omiten el duelo y el deseo, que han vivido veinte inviernos y un invierno aferrados a la espada y la pena. A mi padre lo llaman el Pájaro de Presa. Sus hombres mueren por el reino, agradecidos al destino, a su infinita porción de rigores.

Anglia es un territorio no avaro de leche y miel, de carneros con abundante y hermosa lana, de caseríos que se alimentan de ruiseñores. Con su idioma de consonantes ásperas y vocales abiertas, único bastión desguarnecido, antiguo como la memoria del Norte. Nadie te habló de ese tapiz que yace, enrollado en un lago, donde pelean desde siempre dos dragones alados. No has oído hablar de Hengist ni de Horsa, que vinieron de Germania en tres barcos. Ni siquiera de Mathilda, Anglorum Domina, que huía disfrazada de hombre, tristis ac dolens.

Anglia es la mejor de las tierras. Hay bosques y praderas y vientos y veintiocho de las ciudades más finas, adonde llegan productos de otros mares, todas ellas defendidas por murallas y torres. Y más allá, nobles ríos donde abundan los peces y unos caracoles cuya tinta, de color escarlata, se emplea para escribir. ¡Y esos ríos llevan y traen noticias de tus naves traidoras!

No, no entenderías. Tú no tienes penas solidarias. El exilio te dicta su avaricia. Marchas sin destino y sin recuerdos, como un país que perdió a sus hijos. Hay un ave de rapiña escondida en tu dulzura.

—¿Noticias de la Bestia? —preguntó Cordula sin detenerse.

Cada noche Saturnia insistía en su idea de marcharse *Aetherius nos pisa los talones, las mujeres nunca se equivocan, etcétera.*

—¿Y Marion?— contraataqué—. ¿Qué opina a todo esto?

—¿Qué opina sobre qué?

—Sobre lo que pasó en Armorica.

Saturnia me mira desconfiada. Ella vino a hablar de Aetherius no de Marion. Gesto de fastidio.

—¿Qué importa qué pueda pensar Marion?

—Marion se arrepintió.

—Marion es una traidora.

—Dicen que la trajiste a la fuerza como si fuera una loca sagrada. Para no olvidar tus crímenes. Porque ese recuerdo es todo lo que tienes. Eso y la prisión del odio que levantaste a tu alrededor.

Mi daga era filosa.

—Calumnias, es una traidora —repitió Saturnia.

—¿Y a quién ha traicionado si se puede saber?

—A la memoria de un dolor y a la alegría que lo precedió.

Saturnia no me dio tiempo a responder. Se marchó sin mirarme. Mi primer lugarteniente se marchaba. Anegada en esa pasión árida que es la ira pensé como si Armorica. Fuera todo lo que la vida iba a brindarle. No le daría nada más sólo el recuerdo. De aquella lucha en su juventud el veneno. De esa pureza esa fuerza resentida dejándola a solas conmigo y este mundo que desprecia.

El malestar crece día tras día.

En las afueras de Colonia una mujer dio a luz una cabeza de cabra. Encontraron a una niña muerta en la ribera (con un pájaro vivo en el regazo). La estación es nerviosa. Hasta los monjes atraviesan el claustro escondidos en una cautela pegajosa. Algunas mujeres lanzan discos. Otras con un gesto de intolerancia virginal como enfundadas en sí mismas. Me miran de reojo *¿por qué no nos vamos?* Y yo como si estuviera hipnotizada completamente muda inactiva. Tampoco Pinnosa se mueve. Sentada de espaldas al río con los ojos cerrados como en trance. De pronto un ave cruza el cielo. Un movimiento impasible en la luz rosada de la tarde. Pinnosa abrió los ojos y dijo:

El ave sueña y nosotras nos imbuimos de vida por un instante. El ave es como el dios, desaparece. Nosotras hacemos una alegría de su ausencia.

Se desliza entre nosotras como sombra.

Párpados oscuros. El cabello castaño en ondas suaves. Los labios movedizos. Isegault del rostro claro que venía de Hastings de los fríos inviernos donde la hospitalidad es proverbial. En el círculo brillante de su casa abierta a las veladas los objetos parecían flotar. Las calaveras. Los espejos. Los manteles de ciré. Los frascos de cristal de Orrefords.

Pesaba sobre ella una maldición. Tenía un lunar en la espalda señal de infortunio. Había nacido la noche en que un meteoro atravesó la luna anunciando muertes de ganado y plagas espantosas. Dicen que un hombre minucioso llamado Firmicus consultado por sus padres vaticinó *el que tiene su ascendente en el cuerno derecho de Taurus, la estrella Aldebaram, será gran almirante y conocerá la gloria material, aunque no conseguirá liberar una ciudad sitiada. Se sabe que, de estar Saturno en*

la quinta casa, produce reyes, estadistas y fundado-
res de ciudades y, en la novena casa, da filósofos y
oscuros matemáticos, expertos en la doctrina del
viaje del alma. Pero, en este caso, no está en ningu-
na de las dos. Será único hijo y no tendrá hijos él
mismo. Su tenacidad alcanzará la necedad y, a pesar
de eso o por eso, se harán estatuas y templos en su
honor. Su corazón arrebatado conocerá un único de-
seo, inconfesable. Lo ejercerá como virtud, como un
misterio que asoma cada vez más hondo. Morirá
después de haber insultado a un rey. El oráculo tenía un vicio formal. Isegault era una niña y sus padres hicieron arrestar al farsante. Algo en su rostro
sin embargo. Sus ojos como jardín en sombras.
Sus pestañas delicadas taciturnas como el Thames
y esa fama de saber leer el pasado como un hermoso vaso transparente. Todo parecía confirmar los
vaticinios de Firmicus. Isegault además quería el
amor de otra mujer y en esa ambición no era feliz.
Acaso porque en ella la idea de mujer precedía a la
mujer iba de pasión en pasión sin poder calmar su
sed. Y así cuando en su casa de Hastings la noche
y la bebida incitaban al amor y sus juegos Isegault
se quedaba encerrada en la soledad de su cuarto
mientras la nieve afuera acababa siempre por cu-
brir la superficie congelada del lago donde venían
a posarse las garzas.

Otras veces soñaba con lo que nunca tendría
y entonces su privación se le volvía tan insoportable que habría salido ahí mismo en medio del frío
envuelta en el sudor que le corría por la frente para calmar su desventura.

Mi nombre le llegó como la invitación a un
naufragio.

Imaginó el oro hundido del atardecer reiterado en una hilera de melenas rubias contra el agua. O bien las naves construyendo empalizadas adentro de las cuales.

Cerró su fortaleza con candados y partió.

Anoche soñé que una cierva la atacaba. Todo lo que puedo pensar sobre este sueño resplandece afuera de mi alcance.

—Todo eso está muy bien pero no toma en cuenta una posibilidad. ¿Y si lo amara?

Cordula acaricia el plisado de su vestido de tarlatán.

—Tú no lo amas —pontificó—. Tú sólo amas esa región desconocida de ti misma que desearía amar. Por eso tus movimientos son ambiguos. Te alejas, pero prometes volver. No rechazas su propuesta de matrimonio, le pones condiciones. Utilizas el viaje como coartada, esperando que la navegación te revele algo que no sabes.

—No me convences.

Cordula se levantó como un resorte. La vi correr a su cubículo y volver con un aire de misterio y un librito de tapas rojas bajo el brazo.

—Oye esto: "Preside la rebelión, las estadías largas en el extranjero, las cosas imposibles, el dolo, el retiro al interior de sí mismo, el afán de poder, la falta de orgullo, la persistencia obcecada en un rumbo, el miedo y los reveses de fortuna, los accesos de tristeza y de confusión, los cantos fúnebres, los secretos (y, por eso, nadie sabe qué hay en él ni él lo muestra), la destrucción, las cosas del hastío, la hipocondría, las agallas, la orfandad, lo que disimula el cuerpo, el gusto por los fantasmas, las vírgenes tristes y todo lo que es negro como el pensamiento descarriado".

Cordula había leído sin parar y sus mejillas encendidas.

—¡No me digas que no te calza al dedillo!

—¿Qué es? —atiné fingiendo indiferencia.

—Es la descripción de tu signo, la encontré en un tratado de astrología de un tal Abu Ma'sar. Me parece que Ervinia se lo robó de algún lado.

—...

—Mira, Ursula, repetitiva y todo como eres, tú no tienes paciencia con los corazones débiles. Y Aetherius, mi amor, el pobre, es más débil que peregrino sin fe. El problema es que te encanta sufrir. Pero nunca te entregarás porque la lucidez te punza como una delación. Tú no puedes soportar lo que no sientes, te gustan demasiado los cortejos de barcos.

Cordula se interrumpió malhumorada. Como apurada por cambiar de tema volver a sí misma. Al trajín del día el fabuloso brillo de todas las minucias que se estaba perdiendo por mi culpa.

—Pero ¿y Cornwallis? ¿Por qué no extraño? ¿Por qué este desapego repentino a lo que fui?

—¿Y eso qué tiene que ver con Aetherius? Deberías leer el Himno a la Memoria de Apolonio de Tiana. Mi padre me lo mostró en el monasterio de Jarrow cuando era niña. Tenía unas imágenes tan bellas...

Mi cara la disuadió de seguir.

—No hay que dar tantas vueltas —concluyó. Tú quieres ser una heroína y una heroína, óyeme bien, es alguien que acepta impunemente el destino, no una mujer que reduce su vida a los caprichos de un zanguango.

—...

—Yo, que tú, pensaría en cosas más interesantes.

—Como ¿qué?

—No sé, Ursula, no importa. No vas a olvidarte del mundo por Aetherius, no vale la pena.

Las mujeres la vieron alejarse de mí y la rodearon como abejas. Cordula brillando en el tumulto. Rescatada en el alivio de algo banal. Reía divertida. Nadie en ella producía los trabajos del amor.

—Gloria Patri et Filio et Spiritui Sancto. Hermanos: Vive en Cornwallis un rey alto de cuerpo, dúctil para la batalla y la fe. Maurus deseaba un heredero al trono terrestre. Pero el Gran Conservador de Fieles, que vigila las almas y mueve la máquina del universo, le dio una niña para ponerlo a prueba, prometiéndole a cambio habitación más durable en el Reino de los Cielos. Desde pequeña, Ursula dio pruebas de gran castidad. Concedía a los bienes de este mundo ninguna atención, y meditaba noche y día en ese Artista que deseaba su belleza. Virgen Celeste, feminae prodigium, in vera fidei, Filium Dei amavit et virum cum hoc saeculo reliquit. Tu visita, Ursula, honra nuestra diócesis y ahora, te diriges a Roma a bautizar a estas mujeres, santas ya, aunque infieles, piadosas ya, aunque torpes, y así inculcar en ellas los preceptos sagrados del Señor. ¡Oh femenina estirpe de corazones débiles! Hermanos, demos pruebas, una vez más, de la cristiana caridad de Colonia. Saturemos los barcos de estas almas de Dios con arrobas de vino, gallinas, ocas, conejos y demás hortalizas y semillas que esconden los graneros. Recordad que el Señor fue generoso, liberalitate profusae sunt ut opulentissimorum regum splendorem, y que la Iglesia es vuestro escudo frente a los infames saqueos, los constantes incendios de vuestras aldeas y la violación de vuestras mujeres que practican sin cesar los salvajes in partibus infidelium. Señor, no abandones a estas vírgenes que se lanzaron a la ruta inflammante divino propter nomen Domini, ob lucrandam orationem. No las prives por las noches de tu voz, Divino Consolador.

—Ursula de Britannia, tu tierra es una tierra de castillos y ciudades hundidas, no lo niego. Pero nada muere en sus bosques ni en sus islas, que yo sepa. Todo eternamente se repite en el perpetuo Ciclo de la Bruma, hasta los hombres que traslada el abominable Ankou desde el embarcadero de difuntos hasta el Paraíso Blanco de los Cedros. ¿Me quieres decir qué significa ahora este olvido de Cornwallis? ¿No te alcanza con el dolor de tus padres? ¿el miedo de las mujeres? ¿tú misma perdida en esta peregrinatio desatinada y sin rumbo? ¿No vas a parar hasta que tengas la memoria desierta?

De Palladia no tolero dos cosas. Sus meñiques dobles y esta manía que tiene de sermonearme cuando me desviste.

—Estuviste escuchando mis conversaciones.

Palladia pareció dudar.

—Olvidas que te vi nacer y te conozco como si te hubiera leído en un libro.

Tuve que hacer un esfuerzo para no recordarle que no sabe leer.

—Y si estás pensando que voy a quedarme callada, Ursula de Britannia, te equivocas. ¡No cuando veo venir la desgracia! Y la veo con la claridad del agua, porque esto que haces ahora con Cornwallis no es nuevo. Te lo dije mil veces, es el mismo viejo juego de las mutilaciones. Me basta cerrar los ojos para verte, a intervalos concisos, alzar muros, cancelar aquello que te duele, sin comprender que, en cada amputación, muere una parte de ti misma. Siempre me diste algo de miedo, ¿sabes? Sobre todo, cuando el gesto se extendía hasta el presente y me pasaba cerca. Porque en tu método, Ursula, eras implacable: aquello que decretabas muerto se evaporaba en el acto, sin esperanzas de volver a existir. La rigidez de tus ideas viene de ahí. Y también ese vacío que te cerca ahora y te va dejando sola. Cada vez más sola y rodeada de fantasmas sin nombre... Ah, Ursula, Aetherius te ha enfrentado con un signo. Un signo que, tal vez, eres tú misma. Quizá todavía estés a tiempo. Mereces sentimientos. Despiértate.

Palladia me pinchó con un alfiler.

—Ay. ¿No podemos hablar por la mañana?

—No, mi dama, su juego es demasiado peligroso.

Yo no pude evitar una sonrisa. Esta mujer me cuida como a su tesoro más preciado. Palladia la fiel. Al menos no tiene las ínfulas de Ervinia. Hubiera podido decirle tantas cosas. Que muchas veces olvidamos para preservar lo amado (porque si lo recordáramos se moriría). Que no hay certezas afuera de lo equívoco. Que al negar a Cornwallis un sitio en la memoria la pongo lejos de mi alcance en mi ceguera más ardua donde amorosamente viuda de su ausencia la alimento y la protejo de mí. Pero... ¿sería verdad?

Palladia tiene el aire sombrío como nunca. No ha dejado de hablar.

—¡Santa Madre del Cielo, si lo sabré yo! Siempre despreciaste un poco a los que sólo viven. Pero lo que se olvida, Ursula, es incorregible. Y así, en este mundo tuyo, en que todo termina todo el tiempo, cuando quieras acordar, ya no podrás encontrar nada, te habrás extraviado de una manera suave de la vida, como esos crímenes que se cometen sin intención. Perderás todo: no sólo Aetherius sino también tus padres, Cornwallis y las historias de Tarsisia. Hasta que se pierdan incluso en tu memoria los detalles de tu vida (los detalles es lo último que se pierde) y después, acaso, también la felicidad que pudo ser, y no te quede más que esta huida inexplicable, y acostumbrarte a las migajas de tu ser que, cada tanto, otros te traigan.

En el sueño yo dormía y una brizna de sombra por mi rostro. La corona a los pies de la cama. Una almohada con un pompón donde se lee IN-FAN-NTIA. El baldaquín. Sobre un pequeño soporte una vela una pila de agua bendita. Vi un blasón y dos estatuillas. Mercurio sosteniendo una hidra y Venus púdica y virgo con la leyenda DIVA FAUSTA. ¿Anuncios divinos favorables? De pronto el ángel entrando en el interior del sueño. Una onda de luz un suspiro. El ángel llega con una pluma en la mano. Como dispuesta a escribir algo o a pedirme que yo escriba. Vértigo como si atravesara los tiempos. Al fondo de las ventanas un mirto. Algo me chupa con violencia. Dulce país de mí desconocido al que quisiera volver. ¿Amar o ser amada? Mi corazón vacila.

El ángel. Una mujer parada en el vacío sin apuro. La onda de luz en cada objeto el pupitre el escabel la clepsidra los libros de devoción. Qué ternura en su cuello. Algo en mi garganta una fatiga tibia. El ángel dijo *Ursula, toda feligresía es un comienzo, nada temas. Partirás con el cortejo hacia el nacimiento del Río. Llevarás las mujeres hasta Basel, esa ciudad nupcial incrustada en una selva negra, en el nacimiento de tres ríos. Cruzarás la triple cadena de montañas y después, cuando alcances la Ciudad Reina, las harás bautizar y emprenderás el regreso. Pero sólo cuando toda lucha haya cesado ¿entiendes? Esperarás lo necesario. La Rosa del Walhalla te protegerá. Al volver a Colonia, recibirás la palma del martirio. Nada diré de Aetherius. Ciertos enigmas hay que develarlos sola.*

Lento el ángel y esa onda de luz.

Intolerablemente sus palabras mudas *no tengas miedo, Ursula, tu deseo es la llave, infinitas son las puertas del mundo.*

Después se desvanece.

Regazo del muro que la absorbe.

Su cuerpo en llamas como apuntando al cielo y a sus pisos.

Mi cabeza en la almohada. Las pantuflas perladas a orillas del lecho. Me despierto. Escuchaba la respiración del alba.

La felicidad y el pavor se parecen. Lo sabía. Lo supe desde siempre.

La muerte viaja con nosotras.

—¿Dices que la rebelión de Armorica fue inútil?

—Peor que eso, digo que fue falsa.

Ya en Cornwallis Marion quiso separarse de Saturnia. Al pedir un barco para ella me explicó *no puedo tolerar cómo me mira, me hace acordar a mí misma en mis peores épocas.* Una joven de pelo rizado. Ojos negros un poco saltones. Dijo más. Que desconfiaba de los jefes (en especial de Saturnia). Que destruir no es lo mismo que crear. Que detestaba *la arrogancia idiota de morir.* Todo lo que había ocurrido en Armorica le parecía una estafa. Los desmanes los rostros sudorosos afiebrados de poder. *Nos engañaron* dijo *nada nunca cambiará, el ser humano es deleznable.*

—La idea misma de justicia, Ursula, fue un fraude. Un engaño para esconder el rencor y otras emociones innobles.

—¿De quiénes?

—De algunos insensatos que amaban la desventura y mandar a los demás. Nos iban a matar a todos y a nadie le importó.

Marion suspiró. Como si cansada de sus sentimientos quisiera llegar a los sentimientos contrarios. Sin saber que los sentimientos contrarios no existen.

Asesinos dijo y yo pensé en la secta de los hombres que comen hachís para matar y así volver al Paraíso de los Dos Veranos pero Marion hablaba de otra cosa. En un torbellino incoherente sus palabras con marcas invisibles aludían a deseos bruscamente interrumpidos.

—Pero ¿y la pureza? —aventuré.

—La pureza me aterra, Ursula. Es mezquina, ciega, autoritaria siempre. No sé cómo pude.

—Pero Saturnia...

—Saturnia es déspota y cruel, como todos los demás.

—Quieres decir que mentía.

—No importa si mentía o no. El hecho es que la rebelión fue un juego, un juego de mutilaciones dirigido por nosotros contra nosotros mismos.

—¿Qué dijiste?

—Nada, que había que morir jóvenes, fijarle a la muerte un cómo y un cuándo y, sobre todo, una finalidad. Adueñarse de ella como suicidas, ¿comprendes?

—No. Repite lo del juego. Me interesan las mutilaciones.

—¿Qué?

—Las mutilaciones. ¿No hablaste de mutilaciones?

—¿Qué mutilaciones?

Un diálogo de sordos.

Yo estaba perdida y Marion como esperando alguna explicación un perdón que no sabía encontrar sola. Yo apenas conocía la historia de Armorica. ¿Cómo medir la pena que se junta antes y después de una derrota? En su crítica al pasado sin embargo Marion recaía. Eso pensé. Volvía a su alianza con Saturnia. Las dos disputaban con furor la misma crueldad desesperada.

—No me parece que estés mejor que antes —resumí—. El rencor te obnubila. Se te escapan muchas cosas. Los crímenes horrendos de quienes gobiernan ahora en tu tierra por ejemplo. Además... no se puede borrar el pasado. No se puede eliminar así a los enemigos.

Si Palladia me oyera.

—¿Y qué otra cosa se puede hacer? —francamente sorprendida Marion y yo sin saber de dónde viene mi frase ni qué significa. Yo que hice de Aetherius un enemigo íntimo me oigo decir.

—Aprender a tenerlos.

El viaje es un exilio que absorbe muerte civil. Pero también un modo de reunión con eso. Ese deseo moribundo que la memoria apenas puede restituir. En mi tierra yo era la sombra de Maurus. Sería la sombra de Aetherius la sombra de los embajadores los consejeros. Siempre una sombra de otros. En cambio el viaje es una duración sin padres. Estandarte de neutralidad. Ningún amor controla. Otra cosa es en él cantar. *Quien contempla el exilio es absorbido por él* dijo Aetherius. ¿Acaso creí haber vivido porque atravesé el océano y en realidad no existí jamás? ¿Como un fantasma errante en su propia historia? ¿Adónde queda la objetividad del mundo?

Pinnosa calla.

Cuéntame quién soy Pinnosa. No recuerdo.

Eres alguien que fue encontrado.

Yo quisiera advertir los daños contar las bajas que dejé atrás...

Buscas lo que tu corazón sabe desde siempre.

Yo quería la nitidez de la distancia el hospicio de la noche. Noche adentro yo puse lo perdido adentro de mí misma y sin saberlo lo buscaba afuera. A veces despertaba recordando que olvidaba. Cuéntame de mí. De este duelo imposible.

Se viaja, Ursula, no para aprender, ni siquiera para conmoverse. Se viaja para instalar la incertidumbre, esa forma simultánea del sufrimiento y la felicidad.

Ah en cada etapa de mi vida busqué otra. Después no me quedaba nada. Ni siquiera el consuelo de una historia. Algo quería doblegarme. Resistí. Esas veces como una alegría dolorosa yo creía estar yendo hacia mí. ¿Aetherius quiere mi quietud? ¿mi devoción?

No se puede ser quien no se es.

Pero yo no sé quién soy y Aetherius menos aún. Ni siquiera tolera la desdicha. ¿Por qué esperar tan poco de la vida? ¿Adónde querría él que yo volviera? El pasado es siempre una prisión. Un encierro que no exige descifrar a las palabras. Cada paisaje se vuelve una versión del mundo a la vista de todos. Hay que esconderse sonriendo.

¿Por qué tendrías que esconderte?
En cambio el tiempo fabuloso del exilio. Ese exceso en la ausencia. Imágenes y acontecimientos multiplicándose y el cuerpo en estado de obsesión se reconoce y miente menos. Sálvame de las demoliciones Pinnosa.
¿Cuáles demoliciones?
Si nombrara las cosas que perdí ¿no las perdería? Hacia donde mire espera una derrota. Algo que a la vez me deja y me persigue.
Ni el abandono ni la persecución existen, Ursula, sólo nuestra ignorancia.
¿Cuánto vale un objeto que no duele? ¿y un amor a destiempo? A lo mejor por eso Aetherius me confunde. Puso en entredicho mi heroísmo. Vaticinaba un despojo.
Recuerda las palabras de Marthen.
Una frialdad se infiltró en mi corazón Pinnosa. ¿Y si el desdén fuera un rodeo del deseo? ¿Un miedo a malograrse en una trama denigrada? ¿A no ser nada sin estos paisajes de fin de mundo? Mira la noche Pinnosa. El río. Y las ruinas que adornan las riberas y el viento. Todo tan gastado que pareciera a punto de volverse invisible como una cosa enteramente nueva. Y sin embargo a cada instante la perplejidad de lo que existe se renueva. Los seres. Al límite de los escombros ser una desmesura yo querría. Como una cazadora que al verse morir desangrada dijera *esta flecha no es real*. Ah Pinnosa. En el otoño afligido la cazadora construye un disenso amoroso con la realidad. En eso ha cifrado su última esperanza su creencia de que puede ser inmune. Sopla el viento Pinnosa. Escucha. La noche como una sofisticación del cansancio. Llena de un torbellino de barcos y vírgenes y enigmas.

Entonces como tratando de sacudir el peso de aquello que no he dicho no podré decir Pinnosa con su mano en mi frente y los ojos cerrados *Quien se fue de su casa* dijo *ya ha vuelto. Lo que llamamos memoria es una trampa. Por eso perderla es el estigma de aquellos que han oído la música inaudible. Ahora olvida, olvida más. El peligro de parecer la que fuiste, de ser ésa u otra en tu imaginación. Olvida incluso el futuro. Como si vivieras por primera vez. Como si estuviera en juego la muerte, la promesa de que la muerte esconde un secreto, eso que siempre supiste. Porque en realidad nada está oculto, salvo tú, todo el tiempo. Olvida el comienzo, el final, la historia que perdiste. Hasta que no quede nada, ninguna cosa o imagen te distraiga. Escucha, tú eres el mundo. Tú, como el río, eres el mundo. Toda su desgracia y abrumadora hermosura. La enfermedad y el canto de las piedras cuando las roza el agua y ellas tiemblan bajo la mirada del dios. La guerra y el hambre. La felicidad indecisa al fondo de las estaciones sin nombre. Olvida. Olvida más. No hay mejor puerta para la única memoria que cuenta.*

Pasará un tiempo dijo Brictola.

Pasará un tiempo hasta que la soñada reconozca al soñador y así, los dos sueños coincidan en un entre sí de lo que existe y puedan sostener el argumento del amor.

Sólo entonces, en la renuncia a toda rebelión, la soñada intuirá una inocencia, una parcela de felicidad. Mientras tanto, desgarrada entre el deseo de seguir o quedarse inmóvil, vive. Su camino es la incerteza. Descubrir qué es más fuerte, si el deseo de saber o el de entregarse, el de avanzar o volver. La energía que irradia tiene por fuente la irrealidad. La irrealidad cambia el orden del mundo. Por eso, su viaje atraviesa el tiempo. Lo atraviesa eternamente como un lenguaje de agua. Un lenguaje argentino que dijera lo ausente.

¿Y él?

Él la sigue de sitio en sitio. Por los rincones del miedo, la aspiración y el rocío, el maderamen de una ciudad olvidada, los pros y contras de la hidrografía.

Guiado por el resplandor de su rostro imaginado en la memoria. Envuelta en la bruma, en la estela de su soledad orgullosa, él la sigue. La sigue por el horror, la neblina. En el reino mudo de su pecho. Druida de los tiempos. Expuesta como rosa. En su ronda altanera. La sigue sin parar. Tanto que, al mirar atrás, ella ve siempre una figura doble: su sombra y él. Dulce rada para un invierno hermoso.

Porque en la fuerza de su amor, él, Tristán herido, la atrae hacia sí. Como si le diera un brebaje. La acecha desde lo intenso de su deseo de ella, en el cual ella se ve. Su propia vela blanca. Radiante en la espesura ésa. El paisaje se tiende para oír esas almas, se tiende para sondearlas, aves taciturnas.

SOMBRAS

—Anoche te vieron con el señor de Bremen y antenoche bebiendo en la taberna. No duermes en el monasterio de K.

—Sabes que sufro de insomnio.

—Hablo en serio.

—¿Nunca te aburres de la dignidad, Ursula?

—Se ha quejado...

—¿Quién?

—Clemens. Dice que tus adornos lascivos la cabellera suelta tus perfumes derramados son medios de los que te sirves para tus actos viles. Que eres una propagadora de la mancilla.

Ottilia se rió con franqueza y después frunció el ceño.

—Dijo también que los malos ejemplos cunden y que corro el riesgo de llevar conmigo a un harén de mujeres infieles y no a un verdadero Ejército de Cristo.

—¿De qué hablas? ¿Te volviste loca?

—A Clemens tengo que enfrentarlo yo...

Ottilia se acomodaba la falda roja para disimular la furia que sentía.

—¿No te importa lo que digan? —le pregunté tras un silencio.

—Me tiene absolutamente sin cuidado. Además, seamos francas, Ursula, la mala conducta es mucho mejor que el hastío, al menos en ella algo vive.

Ottilia venía del ducado de Nápoles. Era hija bastarda de un noble. Tenía las manos ásperas la voz pastosa de aquellos que sufren de insomnio o se han habituado temprano a beber. Fascinante la ronquera misteriosa de su voz los ojos abatidos y dispuestos a anegar como una trampa de la noche. Había llegado a Cornwallis a comienzos de mi adolescencia. Con un pasado ilegible el cabello anaranjado su cuerpo como si hubiera alcanzado un punto de máximo esplendor a partir del cual ya no pudiera.

Brictola veía allí precisamente la causa de su encanto. *Lo irreparable* me explicó un día *seduce siempre*.

Por años fue en la Corte un *specchio di belleza*. Con su vestido complejo suntuoso escotado despertaba a su paso el escándalo. Una luz oscura despedía. Como una invitación a aniquilarse. *Eso es la voluptuosidad* dice Brictola *algo triunfal y elaboradamente lánguido*.

Su cabellera como crin y una sombrilla roja y balanceando las caderas vivamente. Moldeando un talle de curvas procaces y la espalda y el torso como apuntando a las tinieblas. Así avanzaba y su rostro trabajado por aceites y una sombra casi azul sobre los párpados. Terrible luz de fantasías indecisas toda ella. Flotando en el atardecer sus piernas soberbias la falda displiscente. Ottilia centelleante aceptaba sin resentimientos su belleza y la exponía a los demás como un castigo una llaga adorable.

Apenas llegada a Cornwallis y ya gozaba de mala reputación.

Decían en la Corte que era altiva y deshonesta. Que tenía un corazón propenso a los deslices las confesiones lascivas los gestos del engaño. Que sus bellos ojos lánguidos del color del ámbar como los de esos gatos insidiosos hacían pensar en Dahut la princesa de Ys.

—Hablan por envidia —dijo Ottilia y se reía.

Como si algo la obligara a escamotear su historia a guardarse su dolor hablaba poco. Se comunicaba usando frases breves que bordeaban de una manera extraña la vulgaridad. *Hace bien* dijo Brictola *no le perdonan su encanto, ese punto en que parece una ruina, su belleza, que es y no es, como todo lo paradójico y lo carente de escrúpulos.*

Mientras tanto los hombres que la cortejaban acababan tarde o temprano por marcharse. Aducían un duelo desigual asustados sin duda de sí mismos. Porque al tallar cada vez más esa grieta que Ottilia contenía se hacía más visible lo que ya estaba fuera de lugar. Y eso los atraía los aterraba con una fuerza ciega.

Yo misma sucumbí muchas veces. Me dejaba ganar por su manera de vivir. Como si la vida fuera una densa telaraña de deseos de la que no hubiera que apartarse hasta haberlos satisfecho uno por uno. Y así entre aturdida y rencorosa la veía entregarse a los juegos prohibidos del amor nunca al amor mismo. Sin comprender que al mirarla de ese modo yo misma actuaba como aquellos infelices que tanto me enervaban. La dañaba.

A menos dijo Brictola *que esos hombres no sean sino partes del hombre que ella busca. O a lo mejor, ninguno le interesa. Es ella la fascinada por la corrupción y, por eso, se busca en la mirada ajena, agitada de tristeza, agradecida por las marcas que cada amante le deja como un don porque lo bello* dijo *es un fragmento insolente, Ursula, de algo que sólo es posible, óyeme bien, si muere.*

No lo supe.

Nunca supe bien de qué está hecha la fatalidad. La intrincada violencia de la hermosura de Ottilia. No entendí por qué razón mortífera sus amantes acababan siempre borrados de su mundo como lobos caídos en la trampa si eran ellos los que la abandonaban. Por qué misterio Ottilia no se detenía hasta alcanzar el fondo de la sombra. Por qué después de la pasión se entregaba con igual fervor a la indolencia. A esos cantos tristes que entonaba victoriosa acompañándose con la mandolina. Como la noche cautivaba. Como la muerte laboriosa ella cantaba.

Llevamos más de tres lunas acá y no logro borrar tus palabras Palladia. Como si me hubieras embrujado yo insistía. No hago más que dar vueltas como ciega en torno a la ciudadela circular de mi memoria huyendo en el momento exacto en que estoy por entrar.

A veces me refugio en los baños para distraerme. Cuando las mujeres ríen desnudas como contagiadas de algo y se salpican se tocan se enjabonan. Y las nodrizas pasan los aceites los perfumes y ellas juegan con los cabellos mojados como al filo de una belleza intolerable yo espío. Esos cuerpos como si fueran uno solo y sin embargo cada una inconfundible. Esta con talle de gacela pantorrillas esbeltas. La otra blanquísima con senos de niña. Aquélla con vientre combado de madona hoyuelos en la espalda. Y esa otra morena con los cabellos breves que dejan ver un cuello interminable como hecho a la medida de los besos perezosos.

¡Cuánto frío en cambio en mi memoria!

Todo lo que encuentro allí son sombras. Sombras amenazando desde un cementerio turbulento. Eternamente insomnes mudas. Dignas en su libertad de ir y venir por el olvido sin apuro. Despreocupadas para siempre de la verdadera ausencia ésa que late en las sílabas de mis palabras.

El obispo se deshacía en atenciones. Sus manos frías pegajosas. Las mujeres no quieren besar sus anillos por miedo a contagiarse de algo. Clemens oficia misas por nosotras en la Catedral de la Anunciación. Cuenta mi historia la desfigura. *Hay que darle un sentido a este viaje* me explicó luego en privado. Habla de cosas que no entiendo. El milenio la iglesia el Gran Viaje los duques de Bavaria. *Hay que tener cuidado* dijo. *Toda incerteza es subversiva pero el conocimiento lo es mucho más aún. Has recibido, hija, una gran misión. Eres el buen capitán de una escuadra de mujeres que luchan sin tregua contra los siete demonios, es decir, la totalidad de los vicios y, en especial, la cupiditas, tan arraigada como sabes en el sexus femineus. Pero tú, con tu virilis ratio, has de enseñarles a someter a la pars animalis, hollando con tus pies a la serpiente hasta que, como una nueva Pentesilea —oh prodigio— le aplastes la cabeza.* Clemens notó mi confusión. *Lo importante* resumió *es no dejar de predicar contra el don gratuito de los cuerpos. Yo vigilaré, no te preo-*

cupes. Un buen pastor ha de medir los pasos por donde caminan sus ovejas. Ah, el redil dijo. *No es fácil recuperar después a aquellas descarriadas. Tu paso por Germania, Ursula, podría confundir, despertar fiebres enfermizas, quién sabe...* Me entrega en secreto el último pliego de Aetherius. *Todo es Vanitas* dice. *Lo que hoy gusta, mañana es despreciado. Recuerda que aquello que sientes, hija, puede recibir muchos nombres: anxietas, afflictio, perturbatio, supplicium o confusio. Pero, en todos sus nombres, es pecado. Recuerda también que no es fácil vivir con culpa.* En el momento de dármelo su piel me roza siento escalofríos. Me da también noticias de Cornwallis. *Tu padre, enfermo y furioso, te rechaza. Lo hizo anunciar con bandos. Abandona a aquella que se apartó de sí.* Oh Maurus ¿será cierto? *A partir de ahora* dijo Clemens *convendrá extremar las precauciones. Primum mobile, diluir ciertos motivos, el sueño por ejemplo, hablar de matrimonio. Cuestiones políticas* dijo. *El interés del reino de Dios* dijo. *Oveja mía, etcétera...*

Un día estoy en la ribera revisando las naves y Saulae se me acerca y dice.

Me voy a morir.

Yo la miro de reojo estoy ocupada ¿no puede esperar?

Tengo miedo.

Entonces percibí que estaba a punto de llorar. Pedí a Brictola que me reemplazara y me senté con ella bajo un rosal. Le pregunto si se siente mal si le ha aparecido algún bulto alguna inflamación en las ingles las axilas.

¿Te hizo algo Ervinia?

No, nada de eso.

Entonces ¿qué te pasa?

Me voy a morir.

Pronuncia la frase con cuidado como si en la entonación cupiera una demora. Después repite *tengo miedo*.

Pausa.

A veces me duele la cabeza, me mareo, es como si un hueco se me abriera en el pecho, un pozo interminable.

Ah.

No veo, no oigo, no comprendo qué sucede.

Esos síntomas no quieren decir nada yo también me mareo a mí también...

No compares, Ursula. Lo único que falta, que ahora quieras...

Pero es verdad. A mí también me duele la cabeza. No iremos a pelear a ver quién sufre más ¿no?

Esto último lo pienso pero no dije nada.

Saulae en cambio súbitamente unos ojos de pájaro al que fueran a robarle la cría. Y ese ligero corrimiento en el labio de arriba como si una furia. Ahora fui yo quien tuvo miedo. ¿Quién es Saulae después de todo? Cordula la despreciaba hace tiempo *se cree que todo es una maniobra del mundo para dañarla... como si el mundo no tuviera nada mejor que hacer... y encima es una envidiosa, no la aguanto.*

Silencio.

Silencio suficiente para que se aleje lo no dicho. Para que cruce con nosotras el territorio desolado de la infancia.

Saulae interpretó esa espera como un asentimiento de algo y empezó a llorar.

¿Quién fue mi padre?

Como si me interpelara entre sollozos.

¿Por qué nunca le importé?

...

Nunca supe devolver los golpes, sólo me asustaba y me echaba a correr, las cosas siempre me salen mal.

...

No sé expresarme, no logro convencer, no soy articulada como tú.

...

Dijiste que yo era la más bella, que alguien vendría una mañana a buscarme, ni siquiera eso se cumplirá.

El llanto y sus espasmos como un caballo sin bridas.

Un día apareció desde la nada Aetherius, te buscaba. Y este viaje también, no es más que otro despojo. Me voy a morir.

Por fin se para a respirar. ¿Me ve?

Yo la miro también. Como si la viera por primera vez. Su vestido de lana borravino. Tengo un recelo clavado en el pecho.

¿Tú sabes qué son los sentimientos, Ursula? ¿Sentiste miedo alguna vez?

Pregunta las dos cosas con saña. Me atacan me piden ayuda sus ojos claros. Y yo aferrada a ese pedido como a una tabla de salvación.

De los sufrimientos Saulae hay que tener piedad. Escucharlos cuando estás sola y un silencio como de ceniza viene a posarse sobre el sentido de tu vida. No tenemos otra cosa. Hemos nacido todos sin más memoria del mundo.

Tampoco esta vez dije nada.

No puedo librarme de la sensación. Algo adentro de mí yo misma tal vez bebiéndome la sangre. Una intuición. Como enfrentadas en espejo Saulae y yo somos una. Una sola figura temerosa de aquello que no tiene y también de aquello que sí tiene. Alguna cercanía fue excesiva. Alguien jugó con nosotras un juego tramposo. Una u otra. Ninguna de las dos. Asfixiante engañoso el palacio del afecto. Infinita la gama de sus abandonos. Oh Saulae. Quisiera devolverte lo que nunca te robé. Mi madre Daria. Mi vida. Mi sombra. ¿Alcanzará? ¿Cómo saber si ser fuerte o cuidadosa contigo? ¿Cómo decirte que tengo un miedo horrible de tu miedo? Es atroz el odio ajeno. Por eso se eliminan los hombres en las guerras. *Los suicidas* dice Brictola *creen que los odia el dios*.

Saulae me miró decepcionada. No he abierto la boca no pude.

Lo tuviste siempre todo y Aetherius te pertenecerá también. La belleza no sirve para nada, Ursula, tú lo sabes, lo supiste siempre. La belleza no sirve para nada.

—Yo que tú me hubiera peleado. Al no hablar, te mostraste condescendiente. A la gente le molestan las personas arrogantes —dijo Cordula muy seria como blandiendo un pensamiento muy complejo.

Esa noche pedí permiso para descender a las criptas. Un monje me condujo a una capilla y me puso en las manos un libro con las páginas en blanco.

—Es la Plegaria del Ausente —dijo esfumándose en el acto.

La cabeza me hervía. Después de la alarma inicial no hubo noticias de Aetherius. ¿Será verdad que nos sigue? Sentí cosas que no se confiesan. Apenas alumbrada por un cirio la capilla hablaba de la noche y yo quise encontrarla adentro mío. Pasa la sombra de Tristán. Cerré los ojos e intenté rezar.

Noche. Dame palabras para extrañar a Cornwallis. Y también silencio para apreciar lo que no está en las cosas ni sobre las cosas. Lo que no tiene cuerpo ni símbolo ni similitud ni distinción y puede brotar sin un cómo sin un por qué. Como un lirio en la nada de lo real.

Asra diría Pinnosa. *Ir más lejos. Más lejos que lo lejos. Más adentro del silencio.*

El monasterio de K. desaparece. Desaparecen las criptas del monasterio de K. La que soy y la que no he sabido ser. Los bosques de eucaliptos los pájaros errantes. Las formas efímeras del tiempo. El viaje y la vida material. El duelo y todas las patrias. La incomprensión y la espera. La muerte. Y yo que hablo un idioma extraño como el río.

Dios es esta desaparición.

Cierro los ojos y avanzo hacia esa cosa inconcebible.

Asra.

La noche sin orillas.

Si uno pudiera morir así.

Cordula llegó hasta mí sin aliento.

—¡Como si no tuviéramos bastante con la bestia en cuestión!... Isegault, la de cabellos más suaves que el terciopelo de Brugge, se ha enamorado. ¿Entiendes lo que eso significa?

En su rostro una emoción salvaje nunca la vi tan viva.

—Justo ella que tiene grabado en su barco la luna de los idilios truncos. No hace más que trenzar coronas de lavanda, como si no supiera de otra insinuación. Tienes que intervenir, Ursula, tranquilizar a las mujeres.

Ahora sonríe con malicia.

—Tienen miedo, ¿sabes? Cada vez que Sambatia aparece, Isegault acapara sus ojos sin hablar, sin moverse, sin reír, hasta que todo empieza a latir más rápido, el aire, las murallas, la ciudad misma y es ahí que las mujeres se marean, no comprenden qué pasa, no saben qué hacer con el pedido que les llega desde el cuerpo, ¿te das cuenta?

El entusiasmo de Cordula es contagioso no espera mi respuesta. Se va como llegó. Rauda. Dispuesta a no perderse ninguna novedad.

Escucha Aetherius.

No conozco Anglia y no me importa. Yo nací cerca de un río de piedras que pobló de sueños la tierra. Crecí en los bosques y lagos de Tarsisia. Ella me instruyó en lo inexpresable las penas a destiempo la saga de Tristán guardián de puercos y de Iseult la misteriosa. Tarsisia no podía leer pero sabía de memoria una estrofa de versos gnómicos donde están contenidas todas las historias (incluso la tuya). Fue ella quien me habló de Imran la gran navegación. Del mago prisionero en su casa de cristal. No conocí el rumor filoso de la Corte sino tarde. Ahí aprendí los juegos de la caza y la charla venenosa. La ambición que se apodera de los hombres como una pesadumbre. Las cenas íntimas donde todos están solos. El mundo reducido a la política. Cierto. No conozco las guerras de que hablas. Preferí la biblioteca de mi padre el latín con la ayuda de Hildebertus. El Apocalipsis de Primasius el Itinerario de Bran Mac Febail y los Sueños de Balder. Ah Aetherius si vinieras. Si miraras adentro de mi cuerpo la luz de una noche de mujeres asómate. Las mujeres tienen sed los labios secos no quieren más tumbas. Morir por el reino es un deseo mezquino. En la organza en la muselina de sus trajes se envuelven para no ver ese paisaje del que hablas. También yo envío mensajes a algo que no sé. Yo sigo las estelas las huellas de mañana. Yo lo espero todo de esa ausencia.

—Esa lacra de Clemens —dijo tambaleándose— es un gusano repugnante. Cada vez que mira a las muchachas, tiembla de gozo como un zorro ante gallinas extraviadas. ¿Es cierto que nos harás bautizar? Qué bien. El bautismo evita el sofoco y las mordeduras de lobos, salva de las enfermedades de la piel y de la hipocresía. Un bautizado nunca se ahogará.

Ervinia está ebria. Trae en la mano un frasco del color de la hierba malva. ¿Alguien la habrá visto entrar?

—Cuídate de él, Ursula, está lleno de concupiscencia. El otro día lo vi apretándose contra una campesina, le soplaba al oído pecados y castigos.

Trató de tomarme la mano. Apestaba.

—Dos años de abstinencia si amasas pan sobre las nalgas desnudas de tu esposo, cinco si viertes sangre menstrual en su copa de vino, siete si te bebes la esperma seminal, así hablaba el escorpión.

—Cállate. Si no fuera porque no sabes lo que dices, te acusaría ante Clemens enseguida. ¿A qué viniste?

—Tú crees que me envía el diablo, ¿no? Pues te tengo malas noticias. Eres tú quien me llama. Tu ignorancia en materia de jugos, secreciones, humores, orificios del cuerpo, suaves montes de Venus.

—¿Vas a decirme o no a qué viniste?

—A salvarte de un peligro. No hay peligro más grande que la falta de imaginación... y la tuya, te lo diré de frentón, es más pobre que granero en invierno. Si quisieras... yo podría... hacerte resplandecer como una princesa del Nilo... Pero antes... tengo que extirpar de tu cuerpo tantas cosas. Tú no sabes nada del amor, Lady Ursula, nada de nada.

Iba a interrumpirla otra vez pero no pude. Algo en esa vieja como una visión fascinante ella lo sabe. Por eso ríe y me provoca con el vaho insoportable de su boca.

—Tú no eres fea, Ursula, sólo rígida y fría. Por eso nadie te mira, ni siquiera Aetherius, no te engañes.

Esto es el colmo. Ervinia ve que me levanto y que tendrá que irse o todo el monasterio va a enterarse.

—Tuve una premonición —me escupe en la cara—. Anoche soñé con un caballo acorazado de fuego y un jinete portando una balanza. De la cola del caballo salían sierpes. Era el caballero de la muerte, estoy segura. Iba, como siempre, solo y perseguía a una figura, empujado por una maldad espantosa. Hasta que el perseguido se dio vuelta y entonces no se pudo ya mover. Lo que antes no existía comenzó a existir, fue como la ausencia de lazo transformada en lazo, un castigo mayor que la muerte. Ah Ursula, una desgracia horrible ocurrirá. No digas después que no te lo advertí.

Entonces levantó el frasco que tenía en la mano y me lo alargó.

—Bébelo de un trago, tibio, antes de dormir.

Bébelo enseguida, con la próxima luna de agua, a lo mejor eso nos salva.

Toda ciudad tiene su calle de la muerte su rostro de pequeña triste. Ayer por la mañana crucé el viejo puente de madera. El viento abriendo grietas en el agua y una lluvia horizontal desganada como una caricia trunca. Empecé a bordear el río en dirección contraria a la corriente. Con las ropas hacia atrás el manto verde silbando a cada lado de mi cuerpo. Por un buen rato atenta sólo a ese ulular cuando de pronto. Sombría entre los pinos la necrópolis. Una ciudad circular como la pena con sus calles su organización. Réplica fantástica de la otra que vivía del otro lado del río. ¿Hay que esconder la muerte así? me pregunté. Una inscripción rezaba *He aquí la tumba de la luna*. Temerosa me incliné a recoger una flor silvestre de pétalos suaves como el cabello de Saulae. Un tallo velludo con el que temí lastimarme. La flor bajo el peso del viento se vencía y yo la arranqué con temor. Como si algo en ese acto hubiera podido derogar la realidad que se erguía del otro lado del río dejando en su lugar un mundo carente de leyes. Un mundo del que fuera imposible evadirse porque contenía el sufrimiento indecible de lo inanimado y la abrupta contundencia del silencio y todo lo que las palabras no saben traducir. Y sin embargo eso y no otra cosa es la vida pensé. Un dibujo en perpetuo movimiento que pretendemos cercar. Abismados por el vacío que irrumpe siempre debajo de lo dicho.

Por un momento me pareció intuir que en esa insatisfacción reside la maravilla de existir. Ese infinito rodear lo inexplicable a fin de fijar por un instante la quietud que afortunadamente vuelve a emprender su enloquecida fuga. Y fue como si al pensar todo eso mis ojos como la bruma al posarse sobre las fosas hubieran tropezado con una nueva dificultad. Porque la muerte entonces como esa ciudad-espejo separada de la vida por un río. No era un mundo diferente. No respondía a otras leyes otra esfera de existencia sino que era acaso. La causa misma de ese continuo escaparse del sentido que nos salva de nosotros mismos.

Ah pero entonces la muerte sería lo que yo amaba de la vida. El doblez lo inasible la invariable alegría de aquello que se mueve. La muerte como una extraña forma de la felicidad. Puesto que de ella y no de otra cosa surgía ese enigma cuya resolución siempre postergada me parecía el único sentido posible de vivir.

Mis pensamientos habían trazado un círculo. Acaso la existencia no fuera más que el pensamiento del dios. Un pensamiento que para el dios fuera como un juego interminable un poco obsesivo como esos juegos que aman los niños sabios. Detenida en el punto álgido donde la tarde el viento el color del río y la muerte se cruzaban algo llegó a mi espíritu. No como una comprensión (hay cosas que nunca se comprenden) sino como un peso. La sonoridad pesada de una piedra cayendo en la profundidad del alma.

En cierto modo algo había coincidido. El pasado y el porvenir. Yo misma y mis pensamientos. El dios y la nostalgia del dios. Una quietud nada más. Era el momento del reposo la magnífica calma provisoria. El instante fugaz en que el viento se calla para volver enseguida a empezar. Porque detrás siempre hay otra cosa. Algo se insinúa como ahora esta horrible incomprensión que es el paisaje. Entonces vuelve la fascinación vertiginosa y el deseo y también la irreparable necesidad de hablar.

Regresé casi corriendo.

A punto de entrar en el monasterio de K. volví a mirar atrás y con un gesto un poco cruel arrojé la flor lejos de mí.

Cornwallis la vio avanzar sigilosa como quien hilvana. Su cuerpo musculoso de animal joven. Labios humedecidos de mirra. Ojos azules como la rosa del alma. Extensa cabellera en ondas voluptuosas. Sambatia fue de las últimas en llegar. De las menos belicosas las más inexpugnables.

Pero Isegault no la vio así. *Yo la vi de otro modo* me dijo un día. *La vi nacer en Norwich y después al fondo de un jardín revuelto donde se le perdían sin remedio las cosas.*

Como cada vez que el deseo iba a arrasarla pudo ver el pasado de la amada de antemano. *Una infancia tan triste pobrecita sus padres murieron muy pronto tuvo que empezar a vivir así ¿ves? vagando entre mendigos y cerezos nevados sin que nadie le evitara la hermosura atroz del mundo.*

...

Un crecimiento abrupto como una violación qué terrible ¿no? estaba sola en el jardín cuando se le ocurrió de golpe esa idea.

—¿Qué idea?

Que el universo podía ser como el jardín ¿ves? un lugar donde se pierden cosas.

...

Sutil ¿no? tan jovencita.

...

Iba por caminos saturados de leprosos que jugaban a los dados ¿te das cuenta?

...

Acumulando exilios que ni siquiera el odio puede llenar habrá sufrido tanto.

Isegault fascinada prendida a lo inasible.

Pudo ver también en el pasado de Sambatia a una mujer que nadie conocía y sintió unos celos espantosos. Largas trenzas sedosas y senos perfumados y unos gestos exageradamente que dejaban ciegos a quienes soñaban con ellos. *De esa historia de amor, lo sé todo* dijo *absolutamente todo.*

Isegault me explicó. Al principio Sambatia sonreía como presa de una esperanza estúpida pero eso duró poco. La mujer la empujaba a la lujuria *una bruja ¿te das cuenta? y cuanto más Sambatia más la otra claro como el gato y el ratón ¿no? a nadie le gusta ser poseído ¿no? ¿o me equivoco?*

Isegault cortaba las frases para parecer más rápida que el dolor *pero un día* dijo *Sambatia recordó el jardín infantil su lección de que era inútil perseguir las ideas o las cosas y el amor es una cosa o una idea ¿no? y en ese mismo instante* dijo *tomó una pluma y escribió estos versos* Un animal rojo se ha perdido/ un animal salvaje y rojo/ entre la luna persa y tu boca/ quién le dirá el camino de regreso/ triste sendero de cristales rotos.

Esto me lo cuenta con rencor triunfal *curioso ¿no? escribir no la ensombreció.*

...

Seguro que pensó que era más fácil ¿no? hablar del deseo de fusión que concretarlo.

Sambatia había escrito los versos me explicó *como quien penetra en un cuarto prohibido por primera vez qué linda imagen ¿eh? delicada.*

Yo pensé que su ceguera era asombrosa.

Dijo que Sambatia había cambiado. *Escribir*

¿ves? la convenció de que es mejor no participar en la vida ¿te das cuenta? porque participar en la vida equivale a sufrir o disfrutar pero no deja ver con claridad.

De pronto me preguntó *¿te aburro?*

...

Curiosa idea ¿no? la poesía como escudo nunca se me hubiera ocurrido escribir la pasión para morirla bella ¿no? no la poesía no tonta ella tan indefensa pobrecita.

¿Se escucha lo que dice?

Isegault habló todavía por un rato. Yo veía en Sambatia a una joven endiabladamente abandonada. Precaria y fulgurante como la luna persa del poema. Como el lado oscuro de esa luna.

Yo pensé que el amor es peligroso.

Tres ciervos.

Uno más joven que los otros dos. Tres ciervos que vienen a comer manzanas al jardín del monasterio de K. Y sus saltos leves majestuosos. Esos cuerpos tendidos entre el susto y los charcos. Cada vez que me acerco huyen. ¿Como yo con Aetherius? Recojo una hoja simétrica intensamente amarilla como un cardenal. En el centro un corazón que sin duda existe como existe el corazón del dios aunque no lo veamos. Cerca del Manantial del Khadir al este del sol y al oeste de la luna hay un Arbol donde está escrita la esencia de todas las cosas y también su devenir su divergencia. Ese texto proviene del sueño del Más Inaccesible y es Israfel quien lo copia. Sin levantar los ojos ni descuidar un segundo el Cálamo por donde fluyen los Rostros del Secreto. Cada año del Arbol cae una hoja en la que puede leerse *No hay más Dios que el*

Oculto y su Enviado es el Mundo. Y así los hombres vagan alrededor de ese enigma sin saber qué hacer. Si lamentar o celebrar lo imposible pues incluso en el clímax de la ebriedad más pura ocurre el desvanecimiento de la visión y la voz de la Realidad Ausente dice *No me verás* y esa negativa es un don. La historia está en el Cortejo de Etain y me la contó Tarsisia. Etain también viajaba. En un barco de cristal. No es verdad que la patria no exista. No es verdad que esté afuera de nosotras.

Colonia Claudia Ara Agrippinensium. Por enésima vez nos despedimos. Desplegado nuestro cortejo mide tanto como tú tiene la forma de una espada. Los víveres listos. Las naves reparadas. Clemens que pidió acompañarnos. ¿En qué momento su pulcritud me pareció asfixiante? Todo está alerta salvo el río. Duerme.

—Hace días que no sopla el viento —dicen las mujeres—. ¿Y si el dios se hubiera olvidado de nosotras?

Fijas las miradas en mí pero es Pinnosa quien habla.

En el comienzo dijo *el dios era un tesoro escondido. Por eso nos creó, para quebrar su Gran Ocultamiento y conocerse a través nuestro. Nosotros le revelamos el mundo, que no es otra cosa que su sombra.*

—¿Pero el viento soplará?

Pinnosa como si no hubiera oído.

La plenitud del mundo es así un préstamo, algo que nace eternamente en cada respiración del dios. Y la muerte un reembolso y, también, un regreso a ese Sitio donde habitan, en perfecto equilibrio, lo Deseado, el Deseo y Quien Desea.

Suspiros.

De modo que cada cosa existe para volver a su forma inicial. Nosotras vamos a la Ciudad Olvidada, la Ciudad sin Nombre. Esa ciudad se yergue en plena oscuridad y por eso, no debemos temer. Cualquier dirección que tomemos, da igual. Incluso si nos quedamos quietas. En la inmensa tela del tiempo, nuestro viaje inscribe un dibujo. Ese dibujo es todo lo que somos: un capítulo sobre el miedo y el éxtasis.

Ah las mujeres con la mirada perdida. Piensan en la Ciudad sin Nombre la están imaginando. Yo también. La mía es nómade imperiosa. Construida sobre agua. Tiene la textura oscura de la Corte todo el espesor de lo mundano que en su saturación también habla del dios y su vacío. Una ciudad pensada por un ángel triste. Sus habitantes viven entre plumas jaulas de bronce candelabros y una lujosísima música que habla del tiempo y de la cortesía las más dulces maneras del canto. En ella la felicidad no existe o carece de importancia. Se sufre suavemente como bajo el efecto de una nostalgia difusa instigada por la proliferación de las cosas (es decir por su desaparición). Convencidos de que la desnudez deformaría la verdad cualquiera que ésta sea los hombres usan máscaras. Noche y día las campanas por un duelo eterno y el agua rodeando todo. De ahí los sueños líquidos la enfermiza melancolía de sus habitantes su costumbre de vivir las visiones. Tanto que es imposible discernir en cuál versión de la ciudad están ocurriendo las cosas. No hay orden ni disciplina hay olores ruidos una bella suciedad alarmante. Mi ciudad es áspera y múltiple. *Como todo lo que existe* diría Cordula.

Pinnosa me mira con fijeza. Parece que no entendí. ¿Me explicará o me impondrá el remedio de un silencio?

En sus ojos no hay bondad. La bondad implicaría una distracción y Pinnosa tiene urgencia. Un frío depurado en su mirada. Yo me dejo mirar sin comprender. Pinnosa no cree en la pasión. O la pasión en la que cree proviene de lugares distantes. Ha transcurrido un minuto una hora un océano. Todos los himnos pasados y futuros de mi corazón. La mirada de Pinnosa señalando la oscuridad ese lugar donde se puede descansar de lo literal. Afuera de la mirada la superficie de las cosas. Nosotras y más allá de nosotras siempre el río la bruma forrando el bosque. Un silencio que pule los reversos del mundo. Hay cuervos colgados de las ramas moras árboles caídos.

Pinnosa.

Como un barco solitario un heraldo ciego atento sólo a la posteridad del pasado.

Búscala dijo *búscala más adentro. La ciudad del corazón es un desierto. Como la sabiduría. Una derrota luminosa. Un laberinto donde te espera el dios.*

El augurio de Ervinia trascendió. Clemens pidió que se la sometiera a la prueba de fuego. Yo me opuse. En todo hasta en lo hostil hay siempre un trozo de verdad.

—Hermanos y, en especial, dulces y sumisas criaturas, a quienes dedico esta homilía. Todos sabemos que los pecados capitales son siete: superbia, invidia, odium, tristiciae, avaritia, ira y luxuria, dentro de la cual hay cinco grados: visus, colloquium, convictus, oscula y tactus. Pero algunos ignoran que muchas veces pecamos por no discernir la verdadera naturaleza de los sueños.

Clemens me miró.

—Marginalia vana et frustatoria y turbida y ludibriosa. El Cardenal Lotario en su reciente De Contemptu Mundi dedicó un capítulo y tres páginas a la epidemia de los sueños. Y escuchad bien: sólo los que pasan por la Córnea Ebúrnea, según Lotario, son del agrado del Señor. Los otros no, porque son hijos de Belcebú y de la Noche Equívoca.

En la sombría iglesia de dos puntas los fieles agotados por el trajín del día. Una atención promiscua a los rubíes jaspes topacios de la tiara. Y también al vestido del obispo en su esplendor de filigrana y los cálices bujías crucifijos.

—Por ejemplo, sé de una mujer del común que vio una escalera de huesos ascendiendo al cielo con un dragón a los pies. Cuando llega al cielo entra a un jardín, donde la aguarda un pastor vestido de blanco que le da un trozo de queso para comer. De este sueño, deduce la ingenua que la espera un martirio. Pues no, se trata de alguien que busca sólo la adulación sexual. Su pecado es atroz y su torpeza lo vuelve abominable dos veces.

No supe cómo ni cuándo Ervinia se había sentado a mi lado. Cordula me tironeó de la manga con una sonrisa cómplice. Me sonrojé.

—El Alto Conservador nos pone a prueba. Hoy más que nunca presenciamos la declinación del mundo, ubicunque securitas ibi libido dominatur. A las normales tinieblas, granizos, sacudimientos, lamentaciones de los pueblos, mutaciones horribles de la religión y otras perversas desviaciones del siglo, se suma ahora la permanente angustia de parusía que empuja a la soltadura de costumbres y al relajamiento intelectual, propios de los meses cálidos. En rigor, como probó el caso de Simón Magus de Samaria, contra el error de Tertuliano, los sueños fueron siempre, salvo contadas excepciones, instrumentos del Príncipe de la Mentira. Y aquéllos que se dejan engañar son como esos barcos a los que un viento impetuoso arrastra hacia el Mar Glacial que los congela, debiendo permanecer en sus inmóviles aguas para siempre y al acabarse las provisiones, los tripulantes mueren, quedando eternamente fijos en un desolado cementerio acuático de naves y marinos.

—¡Ay, pero qué bello! —susurró Cordula.

—Y para mayor autoridad, el impoluto Aristóteles, en su De Divinatione Somnium, denunció públicamente a los adictos a soñar, que suelen ser regidos por el infecto Saturno...

—Eso no —dijo Cordula—, Sub Saturno nati aut optimi, Planetarum Altissimus.

—...de quien derivan, por lo demás, otras flaquezas vituperables del alma sensitiva como, por ejemplo, la pasión por los viajes y las cosas exóticas.

—¡Qué pesado!

—Y por eso dijo claramente el Canon 23 del Concilio de Ankara: todos los que observan augurios o auspicios o mirabilia o adivinaciones de cualquier tipo, confesarán y harán penitencia por cinco años, ab hoste maligno libera nos Domine.

No escuché más. Me puse mis guantes de cabritilla y salí de la iglesia seguida de Ervinia que escupía por la boca *ladrón de ovejas, farsante, corruptor de niñas, lacayo patriarcal, mucho más pura es la comunión de los cuerpos que tu fétida claustrofobia elitista...*

Esa noche soñé que mi madre remontaba un bosque.

Oscuro y vegetal y saturado de puertas que se abrían y cerraban con violencia de las cuales emergían lechuzas y otras aves de picos ganchudos y cuerpos humanos. Su traje de seda completamente negro hacía ruido al caminar. En las manos y envuelta en un halo de luz Daria traía una cabeza.

En un momento ella se detuvo. Acaso porque alguien se acercaba desde un corredor de muros y altas torres. Era un joven desgarbado de cabello corto sobre el que volaba una enorme mariposa de alas negras como una corona aérea. Me reconocí en el joven cuyos rasgos reiteraban con precisión admirable los de la cabeza que Daria sostenía en su regazo.

Entonces ella habló.

—Cuando dos mujeres se abrazan, hija, hay una muerte.

La cabeza tembló ligeramente y pude ver que en sus ojos reincidía el bosque oscuro y vegetal por el que mi madre ahora empezaba a alejarse.

Quise retenerla en vano.

Quise habitar el bosque encantado de su alma. Perderme en lo insondable. Pero la mariposa batió las alas y ya no pude moverme.

Daria alzaba los hombros como pidiendo perdón.

Se esfumó en la noche que crecía.

—Así es, meretrices de Avignon, turbafiestas, cachorros de lobo, eso es lo que son.

Marion asintió al dictamen de Ervinia mientras rociaba una tostada con azúcar. En el refectorio lleno de ruidos ninguna de las dos me había oído entrar.

—Jamás creí en los paraísos divinos —prosiguió Ervinia sorbiendo el caldo—, mira si iba a creer en los humanos, que son todavía más horrendos.

De pronto Ervinia eructó. Parecida a una leucrota de esas que abundan en los Bestiarios de Amor.

—Nada peor que esa gentuza, Marion, tienes razón. Su propia imagen teñida de bondad los embelesa y se vuelven peligrosos, más destructivos que polilla al lino. Siempre lo dije, hay que desconfiar de los buenos que odian, son los peores, porque el odio oculta siempre el resentimiento y es secuela de la humillación. No pueden ser más necios. Primero inventan un orden mejor, después dividen al mundo en dos y, por fin, se ubican del lado de los justos. Y por si esto fuera poco, confían en la voluntad y en la asquerosa buena fe, y confunden la libertad con la pedagogía, el destino de todos con el malestar personal. Hasta Clemens me daría la razón: de tanto pensar en llegar, acaban olvidando el camino.

Ervinia miraba para abajo. Tomó una cucharada de carne de membrillo.

—No dejes que nada se interponga. Tú no eres como otras que tienen el lecho contagiado de monjería —carraspeó— y después terminan por aceptar un marido, vale decir un amo, que les dispensa con suerte algunos breves coitos en el recreo de sus guerras. Házlo mientras puedas. Como diría nuestra Perla Nacarada, nuestra Comandante de la Esencia y benemérita Pinnosa, las únicas verdades que cuentan son las que no sirven para nada.

Pero Marion ya no la escuchaba se había esfumado al verme. Sólo yo temblando de la cabeza a los pies y Ervinia me miró. Me miraba y yo como en un rezo *el ruiseñor extraviado en el jardín. La ro-*

117

sa en la rosa oculta. Quién es esta mujer. Esta mujer de pelo desgreñado lavó muertos. Ha lamido el miedo. Sabe de palabras duras de encontrar. *Silencio en el Walhalla. El ruiseñor extraviado en el jardín* y Ervinia que no deja de mirarme y sus ojos de lobo o de lechuza mientras yo me preguntaba hacer qué Marion. Hacer qué.

Llevamos tres semanas sin viento. Una eternidad.

En el jardín del monasterio de K. los canteros dispuestos en un enorme espacio cruzado por tiras transversales que desembocan en una magnífica fuente dorada ubicada en el centro. Fons amoris en el jardín de flores de la virtud.

Al atardecer cuando el día está a punto de morir y cada una de las flores como iluminadas por un último resto de calor interior. La enamorada del muro y el lirio azul. Los pensamientos violetas. Las anémonas. Y la semiluna blanca de los arcos las ventanitas de los cubículos y hasta la torre de piedra gris con sus canaletas un poco enmohecidas sus campanas. Y esos pájaros negros que no cesan de girar en círculos concéntricos. Ascendentes. Como dibujando lo inexistente.

Ese momento fue crucial.

Como un dolor pegajoso la figura de Saulae que ascendía a mi espíritu y una tristeza hace días. Salvarla de su miedo de morir. Decirle esas palabras que yo misma. Para que las acaricie por las noches no muchas. Una o dos. De ésas que el alma no articuló todavía. Dárselas como un talismán.

Pinnosa llegó sin hacer ruido.

Me pareció que dijo *qué curioso. Muchas veces nos creemos víctimas de la desdicha pero ¿sa-*

bes? lo que hacemos es protegernos de la felicidad. No hay nada más difícil que la felicidad. Sufrir es más seguro, resguarda de un terror sagrado, compensa la culpa que nos embargaría. Eso explica, en parte, por qué la gente se tortura a sí misma tanto como puede. En el fondo, no es más que una estrategia, un modo de control. Y también una pésima costumbre porque en esa contaduría avara, claro, la alegría apenas se tolera. Ah, Ursula, nunca seremos más vulnerables que en la felicidad porque, entre la felicidad y la muerte, no hay nada. Nada, ¿entiendes? En cambio, el dolor está lleno de vericuetos falsos y cavernas, por donde acecha un simulacro de la muerte pero no la muerte misma.

La miré sin verla. Sin entender por qué me sonreía.

Y esto vale para Saulae tanto como para ti, querida, pues sabrás que el dolor es una jaula pero también un asilo. Un lugar para esconderse y, sobre todo, para atacar a los demás. No existe una coartada mejor.

Una vez más Pinnosa no me consolaba y se lo agradecí.

Deberías recostarte dijo al fin. *El cansancio excita las emociones y las emociones confunden, son poco interesantes, siempre. Con ellas, nunca se sabe qué divide la compasión del desprecio, qué es adentro y qué afuera, qué el mundo y qué la gran pequeña tragedia interior. Presta mucha atención, Ursula, la atención es ya un cambio de estado.*

Pinnosa volvió a sonreír. Me pareció que susurraba algo sobre el enigma de Saulae y la Dispensadora del Gran Tiempo *pero sobre todo* dijo *no lo olvides, sufrir es siempre una decisión personal.*

Hacía noche en mí.

Los mirlos giraban incesantes.

Como si buscaran también ellos crear en la enorme noche su pequeña noche de revelaciones.

Entre el alma y su sombra un cosquilleo.

Tuve miedo. Deseo. De la noche que me entraba.

Isabel de Schonau no se ha movido de mi lado.

Días meses que no se mueve de mi lado. La última vez en Roma a punto de emprender el regreso una mañana luctuosa su rostro un vértigo qué dijo.

No puedo recordar. ¿Llegaremos algún día? Entre planchas de hielo y ramas congeladas en el agua y este frío. Horrenda la impresión de círculo que se cierra y no haber entendido.

Isabel de Schonau.

Te llamaban la Sibila del Rhin.

Transportabas un arcón pesadísimo. Los nueve dones del Espíritu un canto benedictino y ciento cincuenta salmos de visiones. Tus espejos. Esos libros todavía no escritos te construían en el alba. Te llamaban la Sibila del Rhin. Magistra Theologorum. Dijiste que morirías por segunda vez un viernes 18 de junio a la edad de 36 años. Ya no sé dónde estamos. El río. Siempre el río y este viento. O es el eco de las campanas. A veces como emergiendo de un sueño un caballo en la bruma las almenas de piedra de una ciudad imprecisa. *Pleine de désir/ j'ai désiré venir à toi/ accourant vers toi/ par une route étrangère* así cantaba Reinmar der Alte. En las riberas procesiones de enfermos escenas de la crucifixión ermitaños que se arrodillan a nuestro paso. ¿Cuándo ocurrió cada cosa? ¿De veras cruzamos los Alpes? ¿Cordula recibió el don de las lágrimas y Sambatia hizo un voto de silencio? ¿Cuándo apareció esa barca con una vela sobre el agua como una cuna *la lujuria atravesando el río* dijo Clemens hablando de la plaga? Ah Cornwallis. El rumor de la muerte de mi padre. De Obitu Maurus no es posible. *Adiós, doncella heroica, sagrado orgullo de mi corazón.* Dijeron que me habías llamado en tu lecho de muerte. *Mi más amada hija, la elegida ciega de mi voluntad.* Eso dijiste. No. No es posible perder todo el amor la inquina que cifré en la palabra padre. Yo la primogénita de tu muerte ¿no debía precederte? ¿Entendí mal? Oh Maurus el querido. Ese abrazo que nunca te di. ¿Quién me despertará? ¿Quién besará mi boca infantil? ¿Es cierto que sitiaron Colonia? Ni siquiera Tarsisia nadie habla de cisnes rocíos consagrados de las cosas que durarán para siempre. Y este orden de ir y volver. De estar y no estar. Soñé con gonfalones blancos por donde subía un escorpión. Y también con un trineo que rodaba sin dueño por un bosque azul mientras dos búhos altos como arbustos y un hombre de dos rostros con un bonete rojo enterraban un cofre más grande que mi cuerpo en el silencio frío de la nieve. ¿La distancia es un aprendizaje? ¿La peregrinatio una trama de indicios? ¿Cuánto que maté voy a amar todavía? ¿Qué me falta por aprender de mí y lo que no hice? A veces recojo nieve en mi mano y la como. *J'ai fait un grand voyage/ je suis allé si loin/ il me fallait le faire/ et je l'ai fait.* Así cantaba el propagador de poemas. Bello y tenebroso como un exilio hacia el Norte. ¿Huía por cierto de su mala fama? Cordula mascullaba insultos *culebra venenosa, tarántula peluda, dragón.* Alguien la ha devuelto a su espejo ciego.

Isabel me tomó del brazo.

—No quiero entrar.

Pero Isabel no quería hacerme entrar.

Ursula Regina, ¿recuerdas aquel sueño que tuviste?

—¿Cuál?

El de Colonia. El ángel entraba por la derecha, ¿verdad? La derecha es la zona occidental del Cielo, la ruta del atardecer.

Truenos. Rugido del viento. Apenas recordaba. Una imagen borrosa de Palladia y la memoria desierta. Me apoyé en Isabel.

A la muerte hay que honrarla, Ursula. Para eso es preciso morir... antes de morir.

¿De qué habla esta mujer?

Esa cosa imperfecta, excesiva e impura que es la muerte, debe crecerte adentro como una convicción. Sólo así te hundirás, te unirás a la región insoluble.

Se está haciendo de noche. Ni una antorcha ilumina nuestras naves. Apenas perceptible ese velo de novia que la estela del barco por un segundo añade al negro sarcófago del agua.

No hay más que un modo ¿sabes? de entender lo visible: abandonarlo. Lo visible es desvío, variación de algo que no es, pérdida de tiempo. Por eso las cosas que no son, decía un gran sabio, son mejores que aquellas que son.

La escucho con estupor.

Mejor concentrarse en la herida. Ese andar de la materia en el mundo, de destierro en destierro, para alcanzar la raíz de la nostalgia.

Arbor crucis del alma diría Pinnosa.

Mira, Ursula, la sombra de la luz reside en la luz como la claridad de la tiniebla en la tiniebla. Morir es volverse un fuego más puro, nada más. También el dios debe morir para vivir. El propósito de todo cuerpo es arder.

Dijo y se arrodilla para besar mi mano.

Me estremecí como si ya hubiera vivido este instante.

Como si hubiera visto antes la cicatriz que cruza su mejilla.

O el paisaje tembló la furia del río.

Como esos textos que el deseo dibuja en los cuerpos para acicatearlos y que son los episodios de la vida no vividos. La escena del toccamano donde los novios intercambian la promesa de matrimonio por ejemplo.

Pero ¿a qué viene todo esto? ¿Quién está preocupada por la muerte?

En una de las riberas una súbita acumulación de piedras.

Ciertas cosas se están repitiendo siempre pensé. El río y las definiciones del agua. El espacio sobrehumano de la duda. El jardín que extrañamos como si no estuviéramos en él.

Acaso las mujeres asomadas a la tarde así lo han entendido. Por eso ya no lloran me miran desde la transhumancia. Esa ínfima luz como un espasmo un país devastado que ya no soltarán porque es su última riqueza. Oh Diosa de las Lágrimas. Virgen de la Ternura. Esto no se parece a un paisaje pensé. El viento y la textura del invierno y nuestros barcos que se hundían se elevaban vuelven a caer. ¿Qué hay en la boca de la noche?

Nuestra Señora del Próximo Siglo dijo Isabel de Schonau y desapareció.

¿Me ha bendecido?

Sobre la superficie vuelan pájaros.

O un pájaro.

Uno solamente.

Cautivo en los círculos movibles de su pena.

EL RÍO MISTERIOSO

Al partir de Colonia la hice subir a mi barco. ¿Qué me importa lo que digan las mujeres? No toleran a Senia. Su desdicha tan parecida a la felicidad les parece un signo de mal agüero. Todo lo que yo... ellas odian. Su mirada inclemente la pasión que lleva inoculada. Su fidelidad a esa historia de amor horrible. El chaleco de crines de cerda bajo las ropas lleno de puntas finamente limadas. Muy ajustado para adaptarse mejor al cuerpo y así no dejar resquicio por donde pudiera. La carne le supuraba dicen. Como si un oso la hubiera lacerado.

Yo querría hacerla hablar. Pero Senia resentida desconfiada Senia ama. Inexorablemente ahora en el mutismo. Frente a un amor del cual recibe todo (el deleite el sufrimiento el alma y hasta su propio vacío) ¿qué podrían darle las palabras? Las palabras como el matrimonio podrían llevarla cerca del objetivo pero nunca al objetivo. Una infinita variación del pronombre *él* nunca será *él*. El mutismo en cambio dice *sufro* lo repite como algo que golpea sin remedio a una puerta tras la cual no hay nada.

Suponer que fue así. El la amaba.

Hubo un asedio apurado un incendio un gesto irrespetuoso. El quería llevarla al otro lado de la noche. A la infamia el cinismo la ojerosa tentación de lo prohibido. Ese hombre ignoraba todas las virtudes salvo el escepticismo. Después la sitió sin escrúpulos el mundo se esfumó salvo sus manos. La lengua humedeciendo el cuello el hueco profundo de los senos los dedos del pie uno por uno. Senia tiembla. Temblaba el cuerpo que se arquea y él subiendo nuevamente la boca exasperada. Sal. Jadeo. Y una caverna húmeda que es punto de partida y final hurgado hasta la falta de respiración. Hasta el ocultamiento de aquello que no es. Suponer que la historia de Senia está cifrada ahí. Ese punto en que un compás deviene estallido sin ninguna razón y sobre todo ninguna utilidad. Una parábola de agudísima tensión para inventar nuevos derroteros cada vez más peligrosos si se puede. Maneras de agotar una cadena de imposible satisfacción. ¿Qué importa lo que pasó después? No se desanda esta clase de vértigo.

Después él la engañó. *Como era de prever* dijo Cordula.

El la engañó y Senia en su locura sin poder aceptar la mediocridad del mundo que la desterraba del centro. Del goce precario insidioso como las capas de la memoria de la especie. Senia se embarcó como una sombra.

Una muchacha de ojos verdes movimientos rápidos. Una manera tortuosa de mover los labios. No sé. Como si nuestro mundo la aburriera y tiene razón. Comparada a su capacidad para perderse nuestra odisea empalidece.

Con ella el mundo se desvía.

Canta la única noche que existe.

Su paraíso es no olvidar. Quedar prendida al desastre el abandono feroz. La obscena violencia de la espera.

Nevará y los lobos atravesarán Oberwesel había dicho Pinnosa una mañana en Thyell.

Oberwesel irrumpió en el horizonte en el preciso instante en que caía la primera nieve.

—Deja de una vez a Senia —dijo Cordula cuando nos detuvimos—. Me da mala espina. Justo con la luna en Virgo en pleno viaje. Te vas a enfermar y ahora hay que seguir, no olvides que Aetherius...

—Sí. Ya sé. Nos pisa las talones las mujeres nunca se equivocan me lo dijo Saturnia en Colonia.

Soplaba el viento. Atrás de Cordula un castillo sombrío con su Torre del Hambre su Fosa del Ciervo. Alcancé a ver los techos de piedra gris las callejuelas de piedra gris los muros de piedra gris antes de que se lo tragara todo la nieve.

—Ay, Ursula —rió Cordula—, eres más boba que volverlo a decir. El mundo es una maravilla, está lleno de cosas: grifos, continentes perdidos, aguas termales, terremotos, peregrinos, perros fieles, estandartes de lino, incensarios de perfumes baratos, caballitos de mar y podría seguir enumerando, y tú no ves nada, estás más cerrada que una ostra. ¿Qué podría darte Senia que no fuera una versión parcial, arbitraria, de sí misma? Y eso, suponiendo que su intención contigo no sea estilo dragón.

Por un instante Cordula apareció ante mí como la quise siempre. Su total desapego de lo trágico. Los ojos encendidos contra el cielo rojo de su pelo. Me pareció que su mundo era real preciso enumerable. Su generosidad me sobresaltó como un vértigo.

—¿Tú no crees que la pasión de Senia es envidiable? —le pregunté.

—Hablas de las pasiones como si fueran manzanas que crecen en los árboles.

—Tú misma describías hace un tiempo la mirada de Isegault...

—Sí, pero ¿por qué reducir la pasión a un cuerpo que delira? También la imaginación es un deseo y, en tu caso, tiene la forma de este viaje. ¿Te gustan mis zarcillos nuevos?

—...

—Son de peltre, me los regaló una mujer en Colonia, ella misma los pintó con una pluma de ganso. Ervinia dice que el peltre, como soñar con mares, albercas y estanques, anuncia cosas buenas. Seguro que no te conté mi sueño del lago...

Cordula canturreaba.

—Oyeme qué maravilla: entraba en un castillo en ruinas, bellísimo, empezaba a explorarlo, a calcular el fuego para caldear las estancias cuando, de pronto, alguien me mostraba una puerta. ¿Y qué veo del otro lado? Un enorme lago de color celeste y, en el agua, unas flores enormes como nenúfares que se convertían, al tocarlas, en pequeños espejos por donde espiar el fondo del lago y ver las cosas más extraordinarias, incluso un funeral blanco sobre el...

Alcé los ojos justo a tiempo para verla fruncir el entrecejo. Yo no la escuchaba ella lo sabe.

—No vas a parar hasta enfermarte, ¿no? Tú no querrías ser como Senia, Ursula. Créeme, no tolerarías tener una patria, porque toda patria es un encierro. Tú sabes que a cada acción le corresponde un vacío y has elegido vivir en él. Una historia, en cambio, es un despojo ¿oíste? algo que siempre cuenta otro.

Hizo una pausa para atrapar un pensamiento malicioso.

—¿No te da vergüenza pensar en un hombre menos inteligente que tú?

Unas tenues gotas empezaban a mojarle el rostro. No me dejó responder.

—Te lo digo, si no te aclaras las ideas, vas a terminar mal.

En ese instante como surgida de la nada Palladia. Cordula se calló. Palladia le parecía un ser taimado e inservible. *No tiene imaginación* me dijo un día *como toda persona honesta.* ¿Cómo perdonarle que no supiera de ungüentos flores venenosas pociones para soñar? Cordula le recriminaba mi falta de alegría. Ella que recibía de Ervinia un mundo inagotable. Iba y venía por las puertas que ésta le mostraba midiendo el grosor de un anillo sopesando el valor de las sedas averiguando el secreto que una hoja de laurel colocada sobre el corazón una noche sin luna es capaz de revelar.

Palladia anunció *traigo un mensaje, Senia quiere verte.*

No recuerdo en qué orden ocurrió lo demás. Sé que el cielo se tornó más gris. Cordula canturreó en algún momento y la figura de Palladia me pareció un cuervo. ¿Qué serían estos gestos vistos desde la muerte? Me levanté. Durante horas e infinitas veces Oberwesel pasó ante mí como una ráfaga un señuelo inconstante de lo real. El castillo adosado a la roca. El viento y su siniestro ulular. Cordula tenía razón. Había elegido un mundo de vacíos como si no hubiera centro o el centro existiera sólo para huir de él. Aparte de eso el exilio hacía de mí una sombra. Una figura sin relieve a juzgar por las mujeres que crucé sin que me percibieran. Se hubiera dicho un ser sólo de tiempo. Pero yo no quería un privilegio así. Yo deseaba un movimiento único centrífugo. Capaz de conducirme de regreso a un sitio que yo misma había dejado y no lograba recordar. Yo quería el amor. Ignoraba cómo dejar de huir.

En el barco Senia sin permiso aprovechando la ausencia de Palladia contemplaba los Evangelios de Otfrid. No sólo eso sino los pergaminos de piel de oveja las plumas de ganso que Pinnosa me traía cada tanto. Las espinas negras el vino para las tintas el pequeño manual con instrucciones de Theophilus y mis propias anotaciones. Todo lo que escondía en el pequeño escritorio que el monje Hildebertus me había dado al partir.

La indignación me salvó de un discurso. También Senia parecía carcomida por la urgencia.

—Hablaré —dijo sin que nos conciliara un silencio—. Pero prométeme que después me dejarás ir.

—...

—Tú no me interesas, Ursula, ni tu pérdida de tiempo con Aetherius, ni tu viaje, ni siquiera tu presunta huida. Ojalá estuvieras muerta, te desprecio. ¿Qué es exactamente lo que quieres?

—No lo sé —reconocí—. A lo mejor saber por qué amas. Cómo sufres. Cómo vas a morir.

Ajena a todo Senia. Incluso a mi evidente vulnerabilidad. Algo parecido a la locura se filtró de pronto en sus palabras.

—Todo amante —dijo— vive en la noche irreflexiva. Allí trama litigios y cuida del delirio, como quien junta un saber inútil. Nada puedo enseñar, lo que no sé es intransferible.

—¿Por qué te embarcaste conmigo entonces?

—Yo no me embarqué contigo, me embarqué contra él. Me engañó. A la errancia de este viaje, sólo me une la idea de venganza.

—Yo creí que lo amabas.

—La venganza es la forma más oblicua y rebuscada del amor —explicó—. Pero no perdamos tiempo, no te interesa hablar de mí, sólo quieres usarme como atajo. Todo lo que piensas está mal. ¿De dónde sacaste que el amor es una tierra abandonada? No lo es, no se puede decidir cuándo llegar, ahora, más tarde, con ésta, con aquél. No basta el impulso de una conspiración ni planificar una reacción descontrolada porque el amor no es acción, Ursula, es abulia.

Su voz se destempló al final como embriagada de injusticia. Pero no quise protegerme. La dejé seguir.

—Desde que te conozco, Ursula, siempre lo quisiste todo: el coraje y la infidelidad, la indefensión y la insidia, la mezquindad y la amistad, todo junto, todo ocurriendo a la vez. Pero ciertos estados del alma son incompatibles. Tú querrías amar como yo. No te das cuenta que, si fueras yo, no viajarías, no existirían los mensajes del ángel ni el silencio de Pinnosa ni estas mujeres que te siguen, porque la sumisión y la inercia te empujarían cada vez más adentro, ni siquiera podrías ser tu propia guía, no tendrías ojos ni oídos más que para aquél que te expropia de tu centro, despojándote de lo más elemental para conducirte en el mundo, abandonándote a los infinitos momentos de su ausencia, a una orfandad que siempre puede ser mayor porque, para este tipo de orfandad, no hay límites ni voluntad que gire sobre otra cosa que no sea esa música que todavía persiste —la tristeza— porque sin ella, sin su fragor intenso, nada nos ataría a la vida...

Senia se calló de repente y yo creí entender por qué el mutismo era su modo más eficaz de decir *sufro*.

—Dadas tus pretensiones —prosiguió después de un rato— no veo una solución: siempre te faltará un gramo para la onza. En cuanto a Aetherius, no estoy segura. Me parece que te asusta y te halaga que él te siga, que cumpla tus caprichos, que haya abandonado su reino, obnubilado por el deseo de tu abrazo. Aunque lo rechaces, o tal vez porque lo rechazas, su deseo asegura una ilusión. ¿Quién sabe qué grandeza anida en un deseo insatisfecho? No es lo único. Al sujetarte a algo preciso, su fidelidad, Aetherius te da la impunidad de los niños que no deben mentir y por eso mienten. Como si atara las cosas con un cierto peso sofocante, manteniendo al mundo en su lugar para que tú puedas darte el lujo de hacer tus incursiones, desentendiéndote de todo, hasta de él, transformándote en algo que no eres. Este viaje, por ejemplo.

—Eso no —corregí tímidamente.

—Si no quieres, no hablo más.

—Si fuera como dices, nunca habría huido de él.

—Te equivocas, la huida es tu único modo de sentir, sin intermediarios, el deseo y la nostalgia.

Tú misma te impones la pérdida. Y, en esto, tu intuición es certera porque la pasión, como el viaje, es un paisaje atiborrado, plagado de escenas viscosas y gozo no cumplido. Lástima que el viaje no pueda durar.

—¿Y por qué no?

—Porque Aetherius llegará y entonces tú le dirás tu parlamento amoroso y ese parlamento estará lleno de palabras blancas, sin modulación transversal, como si lo repitieras de memoria. O no llegará, y este viaje acabará diluyéndose en una forma del olvido, sin que tu deseo de ser asolada por la vida se haya cumplido. En ambos casos, te espera el fracaso. La ternura no habrá estallado en violencia ni la violencia en ternura. El viaje no puede durar.

Bajé los ojos para evitar que la sorna de Senia me alcanzara. Tuve la imagen de una retirada humillante.

—No, Ursula, tú no amas ni podrás amar. Para amar, tendrías que saber entregar lo que no tienes. Tu abrazo es demasiado frío.

De pronto, una pregunta se me agolpó en los labios.

—¿Y Aetherius lo sabe?

—Aetherius sabe todo: su deseo es ciego, alegre y doloroso, como el mío. De poder espiar su corazón en el instante justo, verías una suerte de juego emocionante, equidistante de la rabia y la desidia, algo parecido a la paciencia. Puedes estar segura: él lleva las de ganar. Sabe todo —repitió tras un silencio— y no le importa.

Se había hecho tarde y un frío penetrante. Palladia me observaba desde la orilla. Senia preguntó.

—¿Puedo irme?

—Todavía no. Tú dices que el corazón de Aetherius se parece al tuyo. Háblame de la venganza...

—De verdad que eres lenta, Ursula. Quien ama no hace más que observar, entre la fascinación y el odio, el movimiento del otro, como quien se para indefenso ante el dios. El amor es una parálisis, una manera extrema del sometimiento, quizá por eso mismo linda con la rebeldía.

—No hables del dios —ordené.

—A su modo —prosiguió sin escucharme—, Aetherius hubiera podido perfeccionarte, ayudarte a comprender que no hay nada que comprender, que se puede vivir así, sin mucha vida, recostando la cabeza en un hombro ajeno. Pero, como todo aquél que es amado, respondes a esa posibilidad con pavor. Y por eso huyes, te retiras a una suerte de revuelta imaginaria, equivocándote de nuevo, porque el amor no tiene nada que ver con el coraje.

—Te pedí que hablaras de la venganza —le recordé.

—¿Es que no ves el gran malentendido, la furia fermentando en el corazón de Aetherius? ¿Hasta cuándo crees que puede durar? ¿En qué momento se transformará en envidia, en sospecha de haber alimentado a un parásito? Ah, al principio todavía se refugiará en tu imagen (sin saber que se refugia contra ti), buscará en la confusión un modo de vencerte y también de vencerse, de alterar la línea nítida que lo separa de tu cuerpo para diluirse en la materia viva de tus sueños. Después, inevitablemente, tampoco esto alcanzará. Tras la impotencia del abrazo, tras el fracaso de la confusión, vendrá el despojo. Sin que nada te prevenga, un día te encontrarás, entre dormida y furiosa, con su queja: su abandono. Entonces no podrás pensar en otra cosa porque Aetherius estará dentro tuyo, su figura taimada y pegajosa, instalada en tu fuego, tus palabras, tus actos. Como animal atrapado en su propia trampa, te sentirás inhibida, enmudecida, a merced de tu necesidad de él. Su fidelidad habrá triunfado. Por fin conocerás la perplejidad ante la violencia del amor, lo odiarás por hacerte sufrir. Eso es lo máximo que te impondrá el amor y será suficiente. A eso es lo que llamo venganza.

—Me sorprendes Senia. Tu visión del amor se parece a una guerra.

—Sí —concedió un poco sorprendida—, y en esa guerra, si la venganza existe, perderás para siempre tu poder.

—¿Y qué recibe quien se venga?

—Eso no sé, no lo sé aún. Para esa respuesta, tendrás que esperar.

La conversación duraba demasiado y yo todavía sin saber.

De pronto me acordé de Cordula y un deseo imperioso de hablar de sus zarcillos. Algunas risas me llegaron desde un barco o acaso desde la noche misma. Senia y su mirada. Levanté los hombros displiscente y giré la cabeza. El gesto fue una despedida. Con él la olvidaba la hundía en el pasado rotunda definitivamente a ella y a las cosas horribles que había dicho. Lo sé porque Palladia con un movimiento de alarma como un pájaro asustado sus ojos en mi nuca. Después ninguna cosa se movió. La noche fue una línea de escritura un sitio obstinado en la oscuridad de las palabras. Senia comenzó a retirarse. Cuando por fin se la tragó la sombra mi corazón respiró. Nuestra disidencia había encontrado un discurso. A lo mejor ahora moriría lentamente.

Otra vez el funeral de los barcos por el río la gran intemperie hipnotizante. Llueven piedritas finas que al deslizarse por las mejillas. Las mujeres en una suerte de espasmo. De la salud a la locura de la locura al pavor. Como si algo las removiera del tiempo. Abandonadas a un festival de fragmentos. ¿Quién recuerda en ellas a una niña triste? Atadas a su memoria más pálida como partidas por dentro ríen.

Yo también. A veces oigo cómo transcurre la vida. Conspicua y melancólica esa cuenca por la cual avanzo tratando de ser como el río. De no dividirme sortear los bloques de hielo ir al encuentro de mi nacimiento como si fuera una grandeza. Y sin embargo ese fuego en el umbral de la existencia que dejó en mí un vacío. O era una ausencia de fuego. Esa palabra esquiva que me expulsa y es lo único que tengo y de la cual me estoy yendo todo el tiempo aunque me asusto y vuelvo una y otra vez. Como siguiendo el hilo de una enfermedad crónica yo avanzo entre rescoldos. La figura va y viene por mis gestos. En la trama irresoluble de los días esa imagen que me da de vivir. Irreparablemente Daria. Mi madre. Siempre.

Un fantasma en Renania.

Un apiñamiento de pizarra y musgo en torno a una iglesia redonda que linda con el cementerio. Bingen es una aldea pequeña. Llena de corrales de ocas y fardos de centeno y a la cabeza de todo Alberticus. Un monje robusto de mirada dulce que vino de Cracovia. De esas estepas rudas desquiciadas por el viento y la Horda de Oro.

El monje nos contó su historia apenas desembarcamos.

Su voz era suave y firme a la vez. Decían que cantaba como un ángel. Como aludiendo a algunos sentimientos que no se acompasaban con su cuerpo. Guardando acaso un secreto atroz. Un niño grande pensé. Un hombre bonachón que no sabe qué hacer con tanta altura y por eso camina así un poco encorvado.

—Del otro lado de las Puertas Caspias —nos explicó— hay pueblos prisioneros de su excesiva libertad, acostumbrados a devastar lo que encuentran y a disputarse los cadáveres.

Al hablar se pasaba la mano por la frente.

—En ese tiempo, llegaban por oleadas. Venían de la ciudad de Omyl. El rostro enardecido, los labios sangrantes. Se alimentaban de caballos. Aún hoy, el recuerdo de esas bestias me despierta en medio de la noche.

A la crueldad de su remota Lotaringia debe Bingen esta curiosidad: la rodean tres juegos de murallas. Nosotras entramos por el pórtico sobre el que ondea un estandarte con la Anunciación. En la periferia la noche. Y también un cinturón fantasmal una armada de seres desahuciados girando alrededor como si fuera. La tierra prometida. Hambrientos penitentes hombres de cruces amarillas. Y mujeres de aliento corrupto. Y toda suerte de extraviados que han vivido o vivirán algún día en las leproserías del Mosel.

Fue Pinnosa quien quiso detenerse.

Sorda al reparo de Clemens. Impaciente casi. Intrigada por la figura del monje de quien tanto escuchamos hablar en Colonia. Por su exilio y su canto. Y sin duda también por su iglesia redonda cuya cúpula dicen es el casco de un barco igualmente redondo y maravilloso.

Perturbado por el confuso alboroto de los barcos Alberticus se movía entre nosotras con cautela. Tímido o esquivo y procurando no llamar la atención como si algún recuerdo suyo pudiera lastimarnos. Nos miraba de lejos. Acaso su bondad no fuera más que eso. ¿Será cierto lo que dicen? ¿Que no puede olvidar su Lotaringia? ¿Las secuelas de su exilio fueron tantas que ni siquiera las percibe? ¿No recuerda de aquel tiempo más que un temor viscoso? Y sin embargo sus fieles lo sostienen como cubriendo su ignorancia con cierta deferencia. Porque después dicen vendrá un tiempo de esplendor. Bingen será cuna de una novia de niebla una mulier trovadora juglara del dios. Ella abrirá la Gran Puerta del Alma la Gran Nada. Y Alberticus en el pico de su fiebre ya enfermo de gota irreversiblemente. Fatigado por ayunos que se extienden por una decena de días o sus múltiplos. Alberticus el escriba de sus himnos poemas responsorios el consejero el frater la guiará. Ah entonces ocurrirá lo impensable. Su plegaria cantará por una vez la ausencia de todo lo que existe y un vértigo. De peces inconcebiblemente azules en la cresta de su memoria tan inmensa. Como el olvido danzará inconsciente de nuestros dramas sin pausa. Ese frater todavía no existe. Alberticus es apenas un joven de rico linaje que viene de una tierra sometida. Un escriptor de libros. Incluso de un bellísimo libro de horas que nadie toca. Un hombre perdido en el cruce de todos sus destinos. Por ahora la vida lo distrae. Lo arroja a la noche material. La incesante figura de un siglo que él rechaza como un niño engañado y sin saber. Que sólo si se entrega a esa miseria desplegada podrá fundirse en la más honda soledad. No la actual que es orgullosa y dura como un hueso sino aquella más próxima al silencio donde podría ocurrirle su rostro verdadero. Sólo un detalle hoy sostiene la promesa. Cuando la casa asfixiante del exilio lo libera dicen. Canta unos cantos sublimes que atravesando las fortificaciones llegan al alma de los miserables con su piedad exaltada. Y así lo que el muro divide el canto atrae como si el rostro interno y el externo hubieran logrado fundirse en una sutil fidelidad a lo complejo.

La fe diría Pinnosa *es la evidencia de las cosas no vistas.*

No hay aldea en Renania con extramuros tan dolientes ni tan esperanzados. Las prostitutas del estanque los leprosos los suicidas los desviacionistas los compungidos de toda calaña confluyen aquí como hormigas para oír el canto del extranjero replegado en su herida.

Pero Alberticus no lo sabe. No adivina que sus fieles como esperando un milagro un cataclismo. Que los parias lo llaman *el de la boca angélica*.

Nos detuvimos aquí por Pinnosa.

¿Sólo por ella?

Paseo los ojos por el templo. Los muros esmaltados el púlpito dorado la nave octogonal y única. Esta es su guarida pensé. Aquí se oculta de su memoria espantada. Entre el horror vivido y el rencor alimentado sin saber cuál es peor. Aquí medita sin saber a quién confiar las dudas. Los hallazgos de su corazón. Craso error pensé aislarse así. Porque es verdad nada penetra en este espacio. Ni el desenfreno del señor de estas tierras ni el supersticioso credo de los hombres buenos ni siquiera el cinturón fantasmal. Pero tampoco los bosques que hormiguean de ardillas y urogallos ni los torrentes de truchas ni el Gran Río por el que llegamos nosotras.

A salvo de la realidad en esta iglesia de Alberticus sigue pesando la memoria. La desdicha es un corazón arrogante ahogado en sus propias tinieblas.

Noche ahora.

Cirios consumidos y las velas de resina de pino o de cordero.

Las mujeres se acurrucan contra el piso de grandes losas o en los bancos de madera. Hubieran preferido dormir en un domus esas casas de adobe donde hay lechos en cuartos que calientan los animales.

Invencible la calma del instante.

En medio de la negra noche esta aldea es la nada pensé. Un gran bajel perdido que navega en penumbras con todas sus luces apagadas.

Las mujeres de pronto en estado de pánico.

El Hospicio de Bingen transformado en hospital. Es Marthen la que vela junto al lecho de Isegault. Yo fui a verla apenas me enteré. Indignada Cordula que salía *te lo dije*.

Isegault desvariaba.

Su voz venida de la fiebre *mi dama* decía *mi preciosa infame   vas a venir ahora   esos bucles sueño con tu cuerpo   lo poseo   lo destruyo   me desprecio por eso   cautiva dentro tuyo   en la escuela de tu boca   acércate   di algo oh vaporosa   tu noche   tu jardín tapiado   yo quisiera monstruo bienamado apretaría tu garganta   tu muy dulce   ese olor sin*

nombre   más abajo   oh mi niña mi conejito azul
más abajo   más   tu cuerpo en su hermosura y yo
oh sí   ahí muriéndome de rabia   oh sí   ni una fra-
se en mi espalda   ni temblor o ternura   más abajo
ahí ni un pequeño grito tan profundo   yo   tú   mi
otra   mi corona de espinas   quemaría tus pliegos te
lo juro oh amada cuánto te odio

Nunca oí a nadie hablar así. ¿De dónde viene esta emoción? ¿Cómo se llama esta violencia que parece un canto?

De pronto vi que Ervinia bostezaba en un rincón.

—No te vi entrar. ¿Qué haces parada ahí? Haz algo —me enfurecí.

—Si quieres, pondré huevos de hormiga en el baño de Sambatia.

Le hubiera cruzado la boca ahí mismo. Me abstuve de preguntar para qué.

Al principio dijo Brictola *sus versos tenían vi-*
da. Sus palabras provenían de prisiones o puertos,
de barcos averiados que llegaban del País del Brillan-
te Infortunio, parecían dagas. (Detrás de todo artis-
ta asegura Brictola *hay siempre un criminal.) Con-*
fiaba en que una herida, una sola herida descubier-
ta en la jaula de oro del lenguaje, le develaría el enig-
ma que buscaba.

Método eficaz dijo Brictola. *Lástima que no se*
conformó. Las palabras que aludían a la noche cáli-
da dejaron de bastarle. Quiso el calor de lo oscuro, y
las múltiples versiones de una sola noche de verano,
y también las infinitas poses que un cuerpo puede
adoptar para cruzar esa noche a lo largo de toda una
vida. Por captar la promesa en las arrugas de un ros-
tro se negaba a descuidar el rostro. La forma del pá-

jaro no la compensaba del pájaro. Quería dar con el llanto de la palabra lágrimas. La metáfora se le anto-jó una estafa. Sus ideas eran peligrosas pero ese mis-mo hecho la ratificaba en su intuición. Entonces di-jo Brictola *probó a contar la historia de otros seres a ver si al menos se curaba del lirismo. Inventó el miedo, la avaricia, la grandeza de unos cuantos hombres extraviados, y se dejó imantar como por una escena en el espejo. Su lírica fue épica. Su épica un drama y su drama no fundó una nueva soledad: ninguna fortaleza contra la tristeza en que vivía.*

Ahora parece sacudida por una nueva muta-ción. Ya no le interesa la realidad. Tan sólo le impor-tan sus sombras, los mil aspectos que puede tomar el sonido de una cosa. Y por eso llena pliegos con pa-labras escogidas al azar y, a veces, con silencios que esperan palabras, disponiéndolos en una arquitectu-ra irresuelta, a la espera dice Brictola *de esa sola pa-labra de la cual derivarían todas las demás. Como quien escribe in extremis, su afán es dar con la raíz, ese sitio donde ya nada es lo que es, sino una unión con todos los elementos, desprovista de finalidad, como el solitario universo. Y así, no hace más que anotar cosas nimias (nuestras cuitas, por ejemplo) como si eso pudiera develarle algo que su mirada es incapaz de ver. El problema* asegura Brictola *es que los detalles se suman, le exigen una fidelidad que Sambatia puede darles, sólo si miente. Con lo cual lo que escribe es un fracaso o bien, una monstruosi-dad.* Brictola tiene teorías para todo.

Marthen no se ha movido de la cabecera de Isegault. Marthen. La que usa vestidos tramados de lino púrpura o azafrán.

¿Por qué el dolor ajeno seduce siempre?

Cornwallis ardía en sus más altas torres. Multiplicaba el enemigo los cadáveres y yo como escondida en una nube me batía en ávido combate. Daria se acercó entre las llamas para instigarme a huir. Pero no pienso huir sin ella. Voy a fundar una ciudad dije. Me forjaré en mil naufragios. Mil noches y una destejeré esta derrota. Voy a fundar Cornwallis nuevamente. Daria. La miro y no la reconozco. ¿Hace tanto que te abandoné? De pronto como si te recordara ya muerta. Llena de una nostalgia torpe la tomo entre mis brazos la acuno le canto. Apoyé la cabeza arrepentida. Suavemente en tu regazo yo cantaba. Voy a la ventana. Afuera ese país en llamas esa patria irreductiblemente. A punto de surgir en el cielo unas aves dispuestas a atacar. Tensión insostenible. Yo te salvaré dije. Me agaché y la ayudé a subir sobre mis hombros. Te sostuve. Livianísima. Sus rodillas débiles ceñidas a mi cuello como el miedo. Tu rostro reducido a su final demacración. Atravesamos las murallas por entre los cuerpos de los guerreros muertos. Hacia el este caminamos. Por años no hice más que caminar hacia el este. Llevarla en andas. Cada tanto nos deteníamos. Yo te alimento te doy de comer lo poco que encontraba. Yo te sacaba Daria en andas de Cornwallis a la hora del alba. Yo te llevé llevaría estoy llevando a cuestas por mi vida. Un sollozo me despertó.

Palladia escuchó con atención y acariciándome la frente.

—Ursula de Britannia —dijo en un soplo de voz—, te pensabas que te ibas a salvar tan fácilmente...

Los ojos brillantes como si agradeciera un milagro.

—Pues ya ves que no. Los sueños son más sabios que nosotros. Creemos que salimos de las cosas pero, en verdad, volvemos todo el tiempo a entrar.

Durante los días que siguieron Isegault se reponía y las mujeres. Cordula la más entusiasta de todas hacía excursiones al cinturón de extramuros en un esfuerzo dijo por descubrir *el encanto de esta ciudad acorralada.*

—¿Qué viste? —le preguntaban las mujeres.

—Pústulas —dijo divertida—. Y también várices, úlceras y coágulos.

—...

—¿O se creen que en la vida sólo hay cirios y estatuillas de ciprés y alabastro? No se dejen engañar —decía—. Afuera hay mujeres con manos de fregona y viejas con el cuello ajado, cubierto por collares de sangre pegoteada. Y hombres que tuvieron el mal de los ardientes, y otros con muñones, y todos con un bulto entre las ingles que no debe dejarlos dormir.

Esto último muerta de la risa. (¿La experiencia nos vuelve jactanciosos?)

También de este lado de los muros la actividad es febril. Incontables visitas a la tienda del sastre de mañana y por la tarde deliciosas sopas de tocino y hogazas de pan con aceite. Y también ferias y mercados entre historias de aparecidos y el trovar de un hombre joven de mirada extraña a quien Cordula hizo cruzar el pórtico a escondidas y al que llamaban *el propagador de poemas.*

Sambatia se presentó ante mí sin ceremonias. Yo miraba un Vanitas en el altar de Alberticus. Empezó a hablar como si continuara un monólogo. De pronto comprendí por qué Isegault desvariaba. Sambatia era hermosa como una dificultad.

—¿Tú sabes, Ursula, que las palabras pueden atesorar el dolor? Piensa en un río que, de pronto, comprendiera que sufre porque los reflejos de las nubes y los árboles sobre su superficie no son, en realidad, las nubes y los árboles. Para el río, ese instante de constatación es horrendo porque entonces ya nada es lo que es, el paisaje entero se degrada, pareciera que todo está perdido. Y, sin embargo, recién entonces comienza su verdadera existencia porque surge la posibilidad de dar con algo propio, no mucho, quizá un balbuceo, todavía lleno de pavor pero cálido y suavemente triste como un arcón en el que se hubieran dejado abandonados los recuerdos. Y entonces, ¿comprendes?, al río no le importa si los reflejos lo preceden o derivan de él, si hubo un tiempo armonioso en que las nubes, los árboles y él mismo eran una sola cosa, o si nunca existió ni una cosa ni otra, porque la tristeza es tan dulce...

Hace una pausa y vuelve a empezar. Ni idea adónde quiere llegar con todo este discurso.

—Yo creo, Ursula, que en la tristeza están los verbos perdidos de lo inexistente, ésos que se conjugan como una canción de cuna y, por eso, la cuidamos como a algo irremplazable, y esto va para todos, sin excepción. La única diferencia es que algunos lo saben y otros no.

—...

—¿Entiendes lo que digo?

—...

—No creo que haya que insistir en la idea de curarse —una sombra de impaciencia le cruzó el rostro—, incluso en el caso de Isegault. A veces, la

147

enfermedad apuntala, nos da una perspectiva un poco resentida de las cosas, una especie de rabia vigorosa, de la que deriva nuestra fuerza.

—...

—Deja ya de preocuparte, Ursula —dijo dándose por vencida—. No pasa nada, Isegault estará bien, te lo aseguro. Ya verás que pronto estará bien.

Casi al instante desapareció.

Yo pensé que el lirismo es detestable.

Esa noche soñé que Sambatia me obsequiaba una bolita azul y un frasco lleno de palabras invisibles. ¿Por qué lo incomprensible es transparente?

Reinmar der Alte. Der Wanderer. Minne-
sanger. Una voz donde ruedan como en
una cascada todos los acentos del mundo el fine amour el joy los petruslied.

Y versos goliardos servicios de amor pícaras
diatribas. Contra la ebriedad la vagancia los exor-
cismos la inestabilidad de fortuna. Y en especial
una cortezía que repiten de memoria las mujeres
*Me robó el corazón/ me robó a mí/ me quitó el mun-
do y después/ ella misma se me hurtó/ dejándome a
merced/ de mi sediento corazón.*

Un joven de cabellos largos y mirar sombrío
completamente vestido de negro. Calzas negras capa negra galones de terciopelo negro. En la alegría
perezosa del mercado entre el aroma del licor y el
olor de las aves asadas el propagador de poemas. A
la luz de las antorchas parece un bello animal lánguido a punto de atrapar a su presa. Y sin embargo no lo hace porque algo de improviso lo distrae
acaso el suave murmullo de su pecho. A su lado

Cordula sonreía. Nerviosamente yo la vi desentendida por completo de los comediantes. De esa mujer que danza ahora con senos azulados apenas cubiertos por un nido de encajes al son de una flauta y acompañada por un oso.

Todo era luz tumulto regocijo y tristeza contenida y polvo. En la plaza de Bingen la mujer del carromato se movía y a veces dedicaba una sonrisa a algún bobalicón que le silbaba. Y nosotras mismas con los rostros áridos curtidos por el viento la lluvia el sol ausente. Nosotras la miramos arrobadas como a la espera de alguna aparición un pájaro una cabra. Un astro prisionero de su propia luz.

Cordula no. Cordula ni siquiera se inmutó cuando los arlequines adornados con capuchas y campanillas de colores se pararon de cabeza o cuando aquel muchacho enjuto de atavío hermoso abrió la inmensa jaula de palomas sin que ninguna se escapara.

Muy atenta en cambio a otros encantamientos.

Como si sopesara qué conviene. Si invitar con un gesto o mostrarse altanera. Prendida a una batalla invisible pero no inexistente mide saca cuentas. En el acercamiento ¿quién perdería más? ¿El poeta o la bella? ¿La soberana o el prisionero de amor? La coquetería al acecho entre sus faldas frías. De ser permeable a ese bullicio al joven lo invadiría un temor vago. Pero él no ve ni oye. Pensativamente pensativo en su languidez. ¿Cómo puede ser tan indiferente la belleza? El joven canta. Cantaba la historia del ruiseñor y el villano. Del juglar que se burló del demonio. Del caballero perdido en Turingia. Después rima nuestro viaje en otra lengua. Entrelaza palabras suavemente equívocas. Como la seda *ainsi na-*

150

viguaient les vierges/les créatures élues/faisant éclater leur joie/paroles empreintes d'amour. Canta en otra lengua mirando el horizonte. Toca un baumgarten der liebe o viola de amor. ¿Y Cordula? Cordula frente a él *ma dame m'a rendu prisonnier de ses liens d'amour.* Los ojos ardiendo bajo esas pestañas negras como un presagio una bendición. Saturados los brazos de dijes de porcelana de cristal de Nancy. Todo su arsenal de hebillas anillos pendientes sacado a relucir. Y el delicado pie sobre un cojín que deja ver la enagua transparente y una tobillera de raso carmesí con un escapulario. Caprichosa y hierática Cordula en su máximo esplendor. El joven se deja mirar.

LA NOVIA MATERIAL

—Desconfía de los hombres que llevan el hacha al cuello. Sería preferible morir envenenada
con polvo de sapo o consumirse en una celda con
grillos en los pies.

A esa hora en la iglesia la oscuridad era total.
Me senté en un rincón sin hacer ruido. ¿Con quién
hablaba Ervinia?

—Sí, te ayudaré. Pero no digas luego que no
te lo advertí: si despiertas a la liebre que duerme,
te va a herir las manos con sus patas.

Escuché con alarma que una joven gemía.

—Esos hombres llevan una vida de perros
—volvió a decir Ervinia—. Sin hogar y sin tierras, surcan el mundo en un continuo vaivén, entre
invernada y veranada, subiendo y bajando montañas, atravesando puertos, en una eterna manía itine-
rante. Tras la siega del heno, antes y después de las
lluvias, no hacen más que volver a partir llevando a
cuestas sus cacharros y un morral con vituallas y
una mula y el hacha. ¿Qué podría darte —si de ver-

dad te lleva después de conocerte carnalmente— una transhumancia tan parecida a la nuestra? Además, sólo las envergoñadas van por los caminos sin escolta. Terminarás como Godelive, la del nombre tudesco. O como la ambiciosa Hirmintrudis.

El gemido se había vuelto un ritmo de intervalos cuidados.

—Tú sabes que mis motivos no son los de Ursula, que el diablo me muerda.

Me sobresalté. ¿Y si me descubrían?

—Mira, yo estoy a favor de los placeres. La gente se muere de flujos de vientre, ingestión de callos, dolores de oído, escupidera de sangre, rabia y mal caduco de San Pablo. Se muere de escrófulas, úlceras, fístulas de muslo, abcesos, apostemas y sobre todo, de la lepra del siglo. Así les llega el formidable abrazo de la muerte. ¿Y después qué? Viene la vela sobre la boca del muerto, el lamentum, las confesiones blancas, el concierto de clamores, los gatos negros que giran en torno al lecho mortuorio y el amortajamiento. El cuerpo se envuelve en una tela de lino y es llevado al cementerio que es el único verdadero extramuros. Y después, nada más. Las plañideras reciben una jarra de aceite y algunos vellones de lana como recompensa y, a lo sumo, dos pájaros nocturnos gritan en el tejado hacia la hora de tercia, y eso quiere decir que el alma ha empezado a errar desesperada. La muerte no es más que una carrera. De túnica en túnica, de espíritu a espíritu. Y eso, suponiendo que el alma exista. Pues bien podría ser que fuera un cuento, como la resurrección de los cuerpos. ¿Tú sabes cómo fue hecho el mundo?

Silencio.

—Muy fácil. Jodiendo y cagando, como todo

lo que vale la pena. En uno de esos veranos que hacen nacer el libertinaje. ¿O acaso te creíste que el Más Alto hizo realmente algo?

—Pensaba... —tartamudeó la voz.

—Pues te equivocas. Tanto los cuerpos como los árboles provienen de la naturaleza de la tierra y no del dios. Siguiendo su curso, el tiempo hace el frío y las flores y los granos, y el dios no puede en eso absolutamente nada. Todo lo que vemos y oímos aquí, te aseguro, es obra del Gran Arrogante, ese Príncipe que nos salvó para siempre de dos deseos infames: la perfección y la piedad.

Iba a intervenir pero el gemido me ganó.

—Clemens dice que...

—¡Santa Impertinencia! Ni se te ocurra nombrar a ese escuerzo en mi presencia. Clemens es un falso obispo. Se cree un santo y no es más que un gotoso eclesiástico, un pelmazo de cura, lleno de labia y de focarias, esas campesinas con casa, yerno y jardín, que se ocupan de saciar sus necesidades. ¿No viste? Tiene la piel de un lobo avaricioso. Ha fornicado con prostitutas públicas, me consta, por eso tiene el rostro hinchado. Es el polen de las flores que las peripatéticas encierran en sus alcobas malolientes. Con ellas se entrega a juegos disolutos y tiene muchos vicios, materia de breviario.

Ervinia gesticulaba como esos pastores aferrados a una piedra ante la bifurcación de los caminos. Tampoco en este caso se sabía qué destino tomarían sus palabras.

—Como todos los curas por lo demás, que se atiborran en banquetes y acumulan mucha sedería, malditos lobos. Y después se hacen enterrar con un libro sagrado entre las manos y nos hacen creer que, una vez en el cielo, cantarán ante el dios.

Ervinia respiró.

—Si juras por el Príncipe del Exilio, te diré algo...

La oscuridad se había disuelto en penumbra y ahora pude ver de espaldas una melena enrulada. La melena asintió.

—Ese Clemens, de santo no tiene nada. En Colonia, espié su biblioteca y era una madriguera. Había libros del Agua y las Estrellas, de las Artes Culinarias y los Juegos Crueles, de las Utopías y los Muertos, de las Ruinas, el Lenguaje y la Melancolía, del Destino y la Arquitectura. Y no uno, sino varios bestiarios llenos de mandriles, hienas, zorros y otros animales. Y con todo, ningún devocionario. ¿Comprendes? ¡Ni una sola Biblia de los Pobres! Yo no creo, óyeme bien, ni una sola de sus palabras.

En eso mi corazón dio un brinco. Percibí una sombra que se movía en el altar.

—Bueno, no perdamos más tiempo —dijo Ervinia—. ¿Conseguiste lo que te pedí?

Vi que la mujer depositaba en sus manos un objeto pequeño.

—Las raspaduras de uña portan siempre energía. Ahora las mezclaré con una gota de tu sangre y te daré el brebaje. Al tomarlo, invocarás al Hexágono y la Caballería de la Rosa Lunar. Eso te indicará dónde buscar la concordancia entre el Mapa de la Ternura y los astros. Si te espera el infortunio, una urraca cruzará tres veces la ruta delante de tus ojos entre esta noche y la estación en que las hojas ensanchan su corazón amarillo. No olvides conservar estos mechones. Te defenderán, al menos, de la compasión de ti misma.

La mujer susurró algo al oído de Ervinia como si sospechara. Algún secreto la volvía precavida.

—Ah sí, me olvidaba, la esmeralda. El Lapidario de Gothia la recomienda para el arte de pesca que cuelga entre las piernas de los varones. Eso significa que estarás en peligro. Para protegerte, beberás el cuajo de la liebre tres días antes de las reglas. Y después tomarás esta hierba —Ervinia sacó algo del interior de su capa— y la coserás en un trapo, a fin de que tenga el grosor de una onza o de la primera falange de tu dedo meñique. Y le atarás un hilo largo que te pasarás por el cuello mientras haces el amor y te la meterás después en el orificio del estómago. En el peor de los casos —agregó tras una pausa—, no olvides que el cornezuelo de centeno es la sustancia abortiva más eficaz.

La figura que se desplazaba en el altar volvió a moverse y confirmé que era Clemens. Su voz sonó como un trueno.

— ¡Linguae viperarum! ¡Malis moribus! ¡Plebia meretrix! ¡Debería romperte la cabeza con una piqueta! Hueles a azufre. Te arrancaría el hígado y los sesos. Te haré quemar y arderás como un leño hasta que de tu anima peccatrix no quede más que una ceniza fría. ¡Luxuriosa! ¡Avida de la fornicación! ¿No sabes que las prostitutas y las mujeres que quedan encinta fuera del matrimonio son la causa principal de los reveses que sufren los cruzados en la Tierra Santa? Hace tiempo que vengo observándote. Siempre me pareciste un búho que vuela hacia atrás. Tenía razón Cesarius de Arles en su Regula Sanctarum Virginum, no impongas la clausura a las vírgenes y acabarán ejerciendo el horrendo negocio horizontal. ¿Dónde has puesto las velas, desvergonzada?

La joven que me daba la espalda se evaporó como por arte de magia. Sólo Ervinia y yo permanecimos quietas mientras Clemens escupía su rosario de insultos.

—Alertaré a Ursula enseguida. Tu lengua es demasiado lista. Tu leche, mercenaria. Ella te dejará aquí, castigada. Y entonces Alberticus te devolverá a esa Corte de la Oscuridad a la que perteneces, tú entre las nueve criaturas del Demonio, malnacida. Te expulsará detrás del muro, a la leprosería, donde te pudrirás con el resto, abandonada de la mano de Dios. Yo mismo le ordenaré que te exponga desnuda y me cercioraré de que horribles torturas se te impongan, la ordalía del hierro candente, la ablación de nariz, la castración o algo peor que ahora no se me ocurre. Y eso sin contar el castigo mayor. Porque te pudrirás en el infierno, quemada, los ojos y el sexo arrancados por Satán con sus tenazas rojas.

Clemens salió a su vez de la iglesia pegando un portazo mientras Ervinia farfullaba *Bien puede ser la leprosería el sitio que buscaba. Al fin una ciudadela de libertad femenina. Nadie me encuadrará, soy demasiado vieja para eso. Y véte enterando, cerdo asqueroso, mil veces mejor que tú es el Gran Adversario. Alabado seas, Señor del Plomo, Embozado del Seol, Mácula Suprema.*

Entonces un silencio que duró demasiado se posó entre nosotras. Sólo después de un buen rato me pareció oír su voz entrecortada.

—Yo sé que estás ahí, no temas. Clemens creerá que duermes en una de esas casas con postigos de madera, entre toneles y pajares, junto a las ollas de barro y a los cántaros. Pensará en tu piedad, tu alma modesta. E incluso si sospecha, no dirá nada a nadie, es demasiado cobarde para eso.

La voz pastosa y su sarcasmo me envolvían y temí desvanecerme.

—La mujer con la que hablaba, Ursula, huirá mañana con un vendedor de mantas. Le ha prometido llevarla con él a Aachen, la ciudad de las cien campanas, donde vivió Himiltrude, la amante de Carlomagno. Allí se multiplican como conejos los hombres-buenos, esos hombres que no mienten ni toman el oro ajeno ni se acuestan con mujeres. En el santuario del Gran Emperador, bajo la casa de vidrio del coro de la iglesia, recibirá los sacramentos: la imposición de manos, las tres reverencias y la forma de luz, que la consolará con un beso. Esa mujer morirá en su huida y, sin embargo, debes dejarla ir. Su miedo a morir la atrae. Aceptar ese miedo es su único modo de vencerlo.

¿Es ella la que habló? ¿Ervinia? ¿Será posible?

No lo sé. Probablemente no lo sepa nunca.

La iglesia en la penumbra la soledad escondida la inminencia de una deserción construían de manera extraña una imagen frágil. La imagen de cierta felicidad triste que justificaba esta noche. Y acaso también el viaje. La duda. El gran fracaso humano en la peripecia de vivir.

Hubiera deseado que Ervinia se riera.

No lo hizo.

Recogí con la punta de la lengua una lágrima. Salada como el mar.

Los barcos son ahora un pálido reflejo de aquella formación que deletreaban en Cornwallis. Marion ya no está. La insolencia sonora de su barco ya no está. Ahora Clemens viaja en él agazapado en sus ángulos siniestros. Temeroso de alguna maldición que pesa sobre el viaje *seguramente* dijo *algo peor aún sobrevendrá, mucho se ha pecado, qui amat animan suam in hoc mundo perdet eam.* Y enseguida la nave de Saturnia llena de banderas negras que flamean contra el cielo como cuervos festejando un duelo y hasta el emblema de su patria y el enorme crucifijo de nogal todo cubierto de negro como en la Gran Pasión.

Clemens y Saturnia pidieron secundarme. Y así tanta noche es todo lo que veo. Y después como una caravana abandonada un dibujo en la memoria del presente esta larga procesión nocturna y exiliada. Marthen con la Diosa de los Misterios y más atrás Pinnosa y las letras hundidas del continente Atlantis de Cordula y tu hexagrama de la muerte Saulae. Y más lejos aún más improbables la Venus desdichada de Senia la austera Brigantia y el espolón frontal de Brictola hasta llegar a la calavera de Ottilia y a la nave más averiada de todas la de Isegault.

Sólo mi propia nave mecida por lo inhóspito me resulta aún reconocible. Acaso por la cercanía de la cierva atada a una cadena en el paño de seda que me regaló Aetherius. Inmaculada sola como siempre la cierva sangra. Sigue mirando todo muerta de tristeza.

—Palladia —dije—. ¿Dónde está Cordula?

Pero Palladia no contesta. Palladia la fiel cada vez más retraída más esquiva. Su malhumor taimado siempre me molestó. No me habla. Ni siquiera para regañarme como a una niña cuando me desviste. ¿Será posible que esté celosa de Ervinia?

Cuando entré a mi cubículo Cordula hablaba sola.

De espaldas la llamarada roja de su pelo.

—Primero suplican, dicen que aman. Después adulan, mienten, prometen. Después se cansan, olvidan, se van. Después vuelven, se aburren, mienten de nuevo. Después humillan, roban, traicionan. ¿Cómo es posible amarlos, después de todo? —pregunta al aire deshojando una margarita.

Anoche. En una recaída en su delirio en el hospicio de Bingen. La pupila una línea apenas como buscando alguna frialdad que pudiera abrigarla. Pequeña escabrosa moribunda Isegault en medio de esta aldea miserable. Y este horror de verla consumirse por un odio que crece como arbusto ¿o era amor lo que crecía?

Cordula pasó a mi lado furiosa *nada peor que el egoísmo de un poeta ¿oíste?*

La fiebre cedió un poco hacia el amanecer su queja no. Su queja interminable como si en su corazón algo se resistiera a nacer. Ni Marthen ni yo dormimos nada. La noche fue tan larga y desvariaba. Desvaría aún y yo agotada.

—Dice que quiere morir —repito maquinal.

—Significa que vivirá —decretó Ervinia que acababa de entrar—. Querer morir ya es algo.

No decía Isegault *no quiero   quiero morir entrar en la celda de tu boca   mi pequeña asesina yo misma me perdí morí de mi deseo   de miedo entre tus manos   tus ojos tan azules oh mi niña angelito mío   no te enojes no es reproche no quisiera   mi vida mi todo   engendro del demonio qué importancia tiene   tu mundo el mío hasta cuándo me dará de comer   esta herida ah   mi adorable   ven te cuidaré   no voy a molestarte   dulce aliento pajarito   déjame acunarme en el vacío   de tus besos te lo ruego   mi muerta mi enemiga yo quisiera   vivir adentro tuyo   ven   por favor bé-*

*beme búscame donde todavía no he caído y dé-
jame ahí*

Claudicante Isegault.

Terrible entre los fuegos que la asfixian como
si fuera una rima y la noche. Yo le toco la frente las
palmas de la mano ¿dónde se esconde la muerte?
Sagrada en su avidez y yo la toco. La toco suavemente y suavemente busco ese dibujo inacabado
inmemorial que explicaría los actos las palabras.
Busco el perfil que la separa del mundo esa cuerda
fina del movimiento al reposo. Esa fisura que *el alma* dice Pinnosa *está destinada a cruzar*. Ella en camino hacia lo que no es ella. Yo la toco sin entender. ¿La pasión un encierro? ¿Quien huye del dolor
no ama? ¿La muerte como boda y la ausencia una
compañera para la noche? Vixit Tristán.

Pienso en mi madre Daria. Siempre tuve miedo de mi madre. Sus caricias contadas su tardan-
za. Tristes velas blancas. ¿Dónde está Daria que no
está? Yo también amo así. Con un odio inextrica-
ble. *Los verbos perdidos de lo inexistente* dijo Sambatia *eso es la tristeza*. Ah toda la vida escapando
para querer volver. Toda la vida matando lo prohibido para que así el amor no muera nunca.

—La prueba de fuego no, sería un castigo
muy leve.

Clemens arrasado por la ira. Iba y venía por
la iglesia pegando unos gritos espantosos y *¿Alberticus, dónde está?*

Las mujeres dijeron que se había encerrado
en su celda y meditaba.

—La prueba de fuego es sólo para las entro-
metidas, Ursula, las mujeres que han fornicado
con un hombre a cambio de comida. Porque sa-

brás que aquellas que son sorprendidas sodomizando acaban en la hoguera, según lo estatuido en los Annales Marbaccenses. Y otros castigos existen, según los casos, para mujeres y hombres. A la mujer no casta que, con ayuda de un corazón de paloma, logra atraer a su hombre, le espera el cepo y la arrancadura de uñas. Y es iniuria atrox en el hombre, según Ambrosio Autperto, abrazar a una mujer por la fendedura. Y a quien dice a otro *yo he gozado en tu culo*, se lo quema vivo con su cómplice si se puede probar que es verdad. Y si no, se quema sólo al que osó sugerir tal ignominia. Y en el Decretum de Burchard de Worms se dice que, si has tomado a manceba la teta, ayunarás diez días y Cesarius de Arles pronosticó la horripilante lepra para aquellos que se acoplan más de 91 días al año, pecando de incontinencia. No, Ursula, hay que encontrar otra cosa. Esa vieja es más maligna que la melancolía, más envidiosa que la sífilis. Su fechoría ni siquiera consta en el Catálogo de Vicios contra Natura de Basel, que condena especialmente el bestialismo y la polución nocturna nunc et in hora mortis nostrae, Amen.

Y así el obispo por horas citando bibliografía sin poder encuadrar el delito de Ervinia en una figura. Las mujeres reían por dentro los ojos divertidos y Ervinia por lo bajo *podrida historia, vetustas leyes, estúpidos prejuicios, insalubres poderes, perro de mierda*.

De noche la pena del agua es infinita.

Nada quiere. Ni siquiera el asilo del jardín que fluye por su cauce desde siempre. La pena del agua es infinita cuando el agua se contempla en la noche del agua. A veces un parpadeo la despierta.

Algo opaco y lento como una aventura interminable. Resplandores. Sueños. Unos barcos. Alguien siembra pequeñas lámparas para que la muerte tenga una casa.

—No me dijiste en definitiva qué pasó.

—Te lo dije pero no me estabas escuchando —recriminó Cordula mordiéndose la punta de un cabello mientras miraba las naves—. ¿Cuántas luces nos siguen?

—...Diez.

—Bueno, ahí tienes, la luz que falta es la del barco de Isegault. Tú no lo viste pero al salir de Bingen... —hace tiempo que no la oía canturrear.

—No puede ser.

—Te juro, las mujeres de Isegault se retiraron, y ahora Sambatia y ella en el barco a oscuras, ¿te imaginas?

El viento sopla hace horas sobre la costra del río. Se oían lobos. *Hay que amar el miedo* dice Pinnosa *es el único modo de vivir*. También las mujeres pensé disueltas al borde de un corazón golpeado han mentido roto promesas. A lo mejor ahora podría sorprenderlas la felicidad. Ahora que el cielo las cubre las vuelve argumento de lo inacabado. Partículas de nada sobre el río helado.

Cordula volvió a hablar de repente y me sobresaltó. *¿Qué?*

—¿Te fijaste que todo está desierto y cubierto por la nieve? Todo calladísimo excepto por el sonido lú-gu-bre del viento: uhuhuhuh. ¡Qué maravilla pasearse entre ciudades muertas! No tendrás miedo de los lobos ¿no?

—...

—Mira —dijo de pronto enfadada—, yo no sé

qué te pasa. Siempre fuiste inmune al paisaje, insensible a la ironía y al humor, y es seguro que, en la cuna, el hada de la euforia no te visitó. Pero, ahora, francamente...

—¿Y Sambatia lo sabía? —la interrumpí.

Cordula recuperó el entusiasmo como lo había perdido.

—Seguro que lo sabía, porque Isegault será es un estorbo pero, a mí no me engañan, también es un cuerpo al alcance de la mano. Sambatia es el ser más egoísta que conozco. ¿Sabes lo que me dijo un día?

—¿Qué?

—Que el fin de la poesía no es expresar las emociones sino librar de ellas. ¡Imagínate el absurdo! Está más perdida que peregrino sin báculo. Escribió doce rollos, uno por cada uno de los barcos, pero ninguno habla de nosotras. Lo que es peor, ninguno habla de ella... Sus versos son malos, como todo lo distante. Te aseguro que está metida en un horrible atolladero. Ya nada la salvará, a menos que Isegault... quién te dice...

Alcé los hombros vencida. El viento me enervaba más de lo normal. Los lobos. ¿A quién le importa Sambatia su extravío su gesto utilitario? Yo pienso en las mujeres ateridas la agilidad del miedo los sueños que no terminarán de soñar. Aetherius que desapareció en el invierno como los pinos bajo la nieve. Y el agua de mi cuerpo que el fuego no extinguió. Ah la noche volverá a soñar pero a mí no me verá. Un continente sumergido no se ve. La muerte que navega no se ve. Un simple devenir en la negrura no se ve. Ya nadie trae pliegos. La pureza siniestra de la nieve y la voz de Cordula por horas. Debo seguir. Llegar a Mainz. A algún lugar a salvo de esta desolación. ¿Cuándo saldremos de esta boca de lobo? ¿De este frío inmenso vengativo como Aetherius?

Un día estoy mirando la triple muralla en Bingen y Saulae se me acerca y dice.

Soñé con mi madre ¿sabes? soñé que la acunaba...

...yo la tomaba entre los brazos y ella, todo el tiempo ahí, sin moverse, horriblemente vieja, con esa piel como de pájaro...

...me miraba con una dulzura inmensa que, a veces, se transformaba en llanto...

...no por mí sino por ella, su propia vida malgastada, que no la dejaba morir. Hubiera podido ayudarla. No lo hice, no me quedaba nada, ni siquiera recordándola en su máximo esplendor, ninguna reserva de amor, ni siquiera una ira suficiente, tantas veces me abandonó...

... yo luchaba, jugaba con la idea de quebrar su imagen, pero ella sonreía compasiva y me decía *Nunca entendiste, hija. El rencor que sientes hacia mí se ha vuelto en contra tuyo. Sufres todavía. Déjame morir...*

Me estremecí.

Yo recordaba un sueño parecido. Había sacado a Daria en andas de Cornwallis.

A lo mejor pensé todas cargamos con el cuerpo de la madre en la memoria. Ese cuerpo incoherente delirante fragmentario que siempre se va. Lugar prohibido que hace reír temblar soñar. Y por eso no percibimos el mundo vamos por la vida enredadas en la pena como un niño reclamando una ausencia o peor aun la devolución de una ausencia.

Pinnosa diría que para curarte...

Saulae me interrumpió con violencia.

¿Quién dijo que quiero curarme? ¿Curarme de qué?

Su pregunta me hirió como una luz.

Igual que Senia que Isegault ¿igual que Aetherius? Saulae aferrada a su dolor. Curarse hubiera sido morir. Suspender el teatro de una errancia acariciada como eterna posesión de lo perdido. La miré. Su cuerpo en la desgracia. Sus ojos grises como el mar el pensamiento el miedo. ¿Y si la abrazo? No. Ahora no. Saulae no quiere mi consuelo ni desatar esos nudos que transforman la vida en una celda acogedora porque eso es la felicidad pensé. La repetición interminable de las cosas.

De pronto, un sobresalto. ¿Saulae hablaba de Daria?

Oh Saulae ¿qué haremos? No sabía que la amaras así.

Cordula festejó la osadía de la desertora pero enseguida *Te lo digo, ese hombre la traicionará, para él fue sólo un juego, estoy segura, conozco esos jueguitos muy bien.*

Saturnia con los ojos desorbitados se tironeaba nerviosa del pelo.

Ottilia dijo *muy bien, al fin una mujer que sabe lo que quiere.*

Pinnosa *todo desvío es un atajo. Ilumina su miedo, Señora Indemne.*

Senia envidiosa.

Brictola torciendo levemente la nariz *lo que se hace una vez se volverá a hacer, incluso ya se ha hecho alguna vez en el pasado.*

Marthen que hizo bien en huir *pero ¿qué hará cuando esté sola y enferma?*

Isegault apenas recuperada *qué bochorno* dijo *deplorable ¿no?*

Sambatia tomando notas.

Saulae envenenada *odio a esas mujeres a las que todo les sale bien.*

La desertora era Marion se descubrió.

Las mujeres no hablan de otra cosa. Un vendedor de mantas se la ha llevado con él a Aachen. No hablan de otra cosa durante días.

—¿Para curar el abandono o para volver a sentirlo?

—Para curarlo.

—Ah no, para eso no hay. Lo siento, Ursula, ya oíste a Clemens: nullis amor est medicabilis herbis. Conozco, sin embargo, una hierba que, si la maceras en un tazón curado previamente con tubérculos y luego la enfrías en un baño de hielo y orín de alce, puede abrir compuertas a otros miedos y así distraer de lo incurable.

Ervinia me humilla y lo sabe. Para llegar a su tienda he debido exponerme. Por suerte nadie me vio.

—Cada cual tiene que comprar su provincia con una desgracia —dijo solemne—. Odin mismo, sin ir más lejos, ¿no adquirió la clarividencia, sacrificando los ojos? ¿Y el conocimiento de las runas, colgándose de unas ramas y agonizando nueve noches? Ah, el hombre es un aprendiz y el sufrimiento es su maestro.

—¿Qué haces? —me impacienté. A la luz de un candil rodeada de sabuesos Ervinia molía un azafrán.

—Es para Cordula —explicó—, está excitada y en peligro.

Como haciendo memoria enumeró otros ingredientes.

—Albayalde, cerusa, adormidera, un poco de extracto de cereza. A ti te convendrá la belladona disuelta en jarabe de canela. Si esperas —agregó sin mirarme—, prepararé todo enseguida y podrás usarlo hoy mismo. Tu infierno es minúsculo, Ursula, pero hay en él un grito prolongado, como el que hace un búho en la tormenta, al enredarse en la copa de un pino. Toda la herrumbre que no tienes te carcome. A tu modo, tú también estás perdida.

Por la hendidura maloliente de la tienda se veía el bajo caserío: los domus las cuerdas pendiendo de los techos los abrevaderos las terrazas las plazoletas de naranjos. Y más allá todavía las crestas de las torres los portones los verdes almenajes sobre los que volaban las cornejas. Nunca Bingen me pareció más sórdida. La aldea era el anverso de aquello que los muros mantenían a distancia. En la flor del naranjo el pútrido olor de los cadáveres.

Ervinia se adelantó a mi pensamiento.

—Deberías explorar un poco tras los muros. ¿Acaso los mendigos no pertenecen al dios?

—...

—Mira, Ursula, mientras tú pierdes el tiempo con el imbécil de Clemens, afuera hay quejas y alaridos. Los hombres lloran, se abrazan, se chupan las heridas y muestran, a quien quiera verlo, el pecho ensangrentado y las partes corruptas de su cuerpo.

La incomodidad se me notó.

—¿Qué pasa? ¿No cagan ni mean ni estornudan en la corte de tu padre?

La insolencia de Ervinia crecía con el viaje.

—Cállate —ordené—. Y prepara de una vez lo que te pido. Palladia lo recogerá por mí a la mañana.

—Perdón, ¿la princesa tomó el liebestrank que le di en Colonia?

—No.

—Pues ve sabiendo que uno no te hará efecto sin el otro. Primero, el de Colonia, y después éste, no lo olvides. ¡Quién dice que por fin te curas de frigidis y maleficiatis!

Asentí sin comprender. Tenía prisa *Sambatia está esperándome.*

¿Por qué Aetherius no me escribe?

Isegault quiere que ocultar se vea, Ursula.

Por eso, hace un teatro del dolor y, después, lo despliega ante nosotras. En cuanto a mí, su intención es someterme, seducirme con sus lágrimas y, a veces, debo admitir que lo consigue. Pero la culpa es una trampa para atrapar conejos, esconde un deber de coincidir, reclama el ritual aterrador de la obsecuencia. No es verdad lo que dice. No la desprecio ni desprecio el amor. Me alejo para no morir, eso es todo.

En la pálida luz de aquella noche Sambatia se movía lentamente y su hermosísimo pelo ondulante contra el fondo de naranjos parecía un santuario una nave con todas las velas desplegadas. Sambatia me miró. Esta mujer quiere llegar hasta el final pensé. Saber quién es. Nadie la detendrá. Nadie. Le pregunté qué era escribir.

Escribir, es estar entre dos aguas: el deseo de agradar y el de atacar. Yo ansío desoír las dos orillas. No responder a nada. Esa devoción. Ir hacia el abismo de lo real, a la presencia plena de la ausencia, sin importarme más que lo que no puedo encontrar, aje-

na a ese afecto que buscamos siempre, despótico y viejo y enfermizo. Mirar cada cosa —las flores, el amanecer, los peces movedizos, el movimiento azaroso de los astros— como si fuera la única que existe, con ojos que no fueran míos y que esa lejanía se notara en las palabras. Yo querría, tan sólo, brillar. Ser una duración, como el río, sin retrospectiva y sin miedo. Ah si pudiera fundirme en lo que escribo, navegarlo como un barco, feliz, sin saber dónde empieza o termina el agua, dónde empiezo o termino yo.

Otra pasión Dios mío. La envidia se me agolpaba en el pecho.

Escucha, Ursula —prosiguió enseguida—, las cosas no tienen, en un sentido estricto, existencia, son meras sensaciones. Tampoco yo soy otra cosa que una mera sensación para mí misma. Y aun así, el mundo es un misterio y tiene mil rostros. Por eso, noche a noche, cuando Isegault y mis pensamientos duermen, yo invoco a Brigantia, diosa de la Poesía. Busco una pena imposible, donde estén contenidas todas las penas del mundo, incluso la del dios que acaso esté cansado de existir. Escribo como quien reza, siempre a oscuras y prestando mucha atención. Mi alma abriga un desafío...

De pronto se interrumpió como si recordara algo horrendo. Su rostro entero se contrajo.

Defiéndeme de Isegault, Ursula. No quiero sentir remordimientos por no ceder a sus horribles deseos de fusión. No soy desleal, no la traiciono por eso. Necesito ayuda, la mezquindad de su amor me ahoga.

Soy extranjero en este país/ pero este país/ no es extranjero en mí// No tengo patria en este país/ pero este país/ busca su patria en mí. Absorto y más be-

171

llo que nunca y esa cabeza altiva de cuervo negro. ¿Para quién canta el propagador de poemas? ¿Para qué dama en qué torre en cuánta soledad? ¿Con esa voz que tiembla como volviendo de un abrazo?

Cordula no paraba de hablar. *¿Te dije que Reinmar es experto en cisnes? ¿que patina como un vikingo? ¿que no hay hazaña que no acometa ni discordia que no apacigüe? ¿que en cada verso tiene escondido un ardid?*

¿Se escucha lo que dice?

Anoche me prometió que compondrá un lieder en mi honor, el Memorial de la Ondina, ¿no te parece un título precioso?

Sentí cosas. Definitivo el invierno y Aetherius no está. El pensamiento dolorido a veces y las estrellas cayendo para el lado de otros mundos. Pedir un deseo. No he vuelto a saber de él.

—No creas que no me di cuenta —dijo Palladia—. Hace días que no pruebas bocado. ¿Se puede saber qué demonios te atacó ahora? Seguro que es culpa de Cordula. Nunca me gustó, para que sepas. Esa forma que tiene de pedir favores, como si ella misma los hiciera, y después pavonearse en el mundo como diciendo *ríndanme pleitesía...*

—Shhh. Podría oírte.

—La que debe oírme eres tú, date vuelta.

—Ay.

Palladia tironeaba del pelo más de la cuenta pero no dije nada. No he vuelto a saber de él. Ni un signo donde reconocerme. Ni un solo nombre para estar a la altura de la noche. Nada más que este espacio para la pérdida. Este continuo girar en círculos sin más horizonte que el vacío. Avanzar. Avanzar siempre. Arrastrar conmigo a esta armada de espectros. Destrozar todo. Destruir lo poco que quedaba la última fe la miseria. ¿Qué me pasa? Es el cansancio·sin duda. La confusión. A lo mejor lo oculto está en la mirada y al río lo llevamos dentro. Sí. Eso es. En la ciudad que no vemos es primavera. La alondra roja canta detrás de las almenas al compás de campanas que nadie toca. Tal vez la ciudad es el alma. Hay un naufragio en el cielo. *El amor es todo* dijo Aetherius. Habrá que seguir. Habrá que. La novia material espera. Aetherius. A veces lo veía agarrarse la cabeza con las manos. No es cierto que se haya olvidado de mí.

Unas semanas después cuando nos embarcamos Alberticus nos despidió desde el pórtico. Una sola sombra rodeada de fantasmas. Todo hambre y llagas el cinturón de extramuros y una sed como exponiendo sus heridas al Señor del Mundo. Algunos desahuciados peleaban. Otros chapoteaban sobre sus propios excrementos.

Parada a mi lado y de un humor de perros Cordula tras un velo parecía un lúgubre reflejo de sí misma.

—Te están rindiendo un homenaje —dijo—. Ahí tienes, para que no olvides la inmundicia humana.

Yo pensé que el dolor nos vuelve crueles.

Entonces una mujer de edad indescifrable que encabezaba el desfile se detuvo. Por un instante nada y el rostro pintado con carbones y la sangre que manaba desde el vientre las nalgas los senos cubiertos por harapos. De pronto estalló en una carcajada y la marcha mendicante se rehizo. Alberticus se desvaneció. Su palidez resguardada por el cendal de lino antes de cerrar con candados la triple hilera de puertas. Desde el Paradisus Magnus Ervinia sonreía. Me pareció un heraldo. Siniestro. Y maravilloso.

Noche.

Noche cerrada y de pronto una enorme luna de agua. Una enorme luna de agua pensé le serviría a un poeta para urdir sus jaulas de vacío al infinito. ¿Y a mí de qué me servirá? ¿Tendré fuerzas? Cordula y Palladia duermen hace rato. El barco se mecía suavemente. Me acerco a la credencia en puntas de pie. Lentamente tomo el frasco y bebo de él. Después me arrebujé en los edredones. La noche. Y el calor que subía con firmeza.

El está ahí.
¿Aetherius? No lo sé.
La imagen como un deseo que cambiara. Quise hablar pero mi voz se rehusaba. El está ahí. Lo llamaré con otro nombre y él se irá. Aetherius. Cierro los ojos y espero. Cada dedo el temblor de un océano fuga hacia el adentro. Un fuego a la altura de mi vientre. Dónde estoy. Quién eres. Tú que estás vivo en algún sueño. El dejaba que yo hiciera y sus labios. El amado. No sabía que la piel de un hombre oliera así. Ese cuerpo mío afuera de mí. El dejaba que yo hiciera la noche dulcemente. Yo te llamaba el extranjero. No no Aetherius. Algo. Alguien más inaccesible más bello. Tus manos hacen círculos sobre mis senos abrían los botones de la túnica se explayan ahí como frases que tuvieran todo el tiempo para inventar el mundo. Cerré los ojos y vi. Amo esa imagen su cuerpo como un ciervo. ¿Aetherius? Como con temor de despertarme suavemente. La piel en cada poro. Se agolpa late caigo. Pierdo el hilo de mis preguntas la soledad. Al-

174

go que a él se le escapaba. Cada inicio de caricia un salto lentísimo adentro aprendiéndose. Ni siquiera temía herirte. Es posible incluso que me calle y te reciba eras tú. La boca semiabierta. Los labios húmedos. El pelo electrizado a cada roce. Besos. El brebaje tal vez. La vida. El dejaba que yo hiciera. Dulcemente dejaba que yo hiciera los gestos de la cesión y el misterio. Enigmático el cuerpo soltando amarras. Se mece contra el muro no hay estrellas. Luna de agua. Crispándose arqueándose a intervalos regulares. Desnudo casi. Acalorado en medio del silencio bajo los edredones. Un miedo como un desdén a algo que se ama. ¿Quién eras? La imagen de tu cuerpo se agiganta. Toldos. Animales sueltos. Ahora el territorio está invadido. Una sola inmensa hoguera el cuello tras los besos. La cadera tensa. La entrepierna y su raso. Miedo de perderte de perderme en un rincón cualquiera de esta entrega. De extraviar la historia que no he sido el nombre del futuro. Imagen encendida y convulsión final. Amada en el Amado. No sabía que el sexo latiera así. Mi mano está empapada de soledad.

Nos detuvimos en Mainz.

El tiempo necesario para que los carpinteros pongan mirra y brea en las muescas. Para juntar agua fresca un poco de arroz. Clemens ofició una misa en la catedral se hizo cargo del ceremonial. Las mujeres se lo agradecieron. Atontadas por el viento la navegación la nieve no deseaban sino arrodillarse en silencio y recibir calor. Pinnosa me tomó de la mano arrastrándome a una calle lateral.

Ven, te mostraré algo. Mainz es una gran ciudad.

La seguí sin protestar.

Apesta Mainz. Apestan sus mercados de lucios y forraje para los animales. Pinnosa me señaló de pronto una sinagoga en ruinas.

Esta es la calle de los alquimistas. Aquí, entre la apostasía y la muerte, los habitantes del ghetto eligieron la muerte. Entonces Eimich de Leiningen, malherido en su orgullo, ordenó la masacre. El terror cundió. Hubo ejecuciones en Worms, Tübingen y Frieburg. Y niños pasados al filo de la espada y suicidios colectivos. Pero no todo se perdió: algunas mujeres lograron salvar los rollos de la Torah.

¿Por qué me cuenta todo esto?

De pronto un hombrecito ahí. Con su talega colgando del pecho nos mira sin pestañear. Un tallit y un judenhut amarillo y un libro de tapas duras donde creí leer la curiosa palabra *Bahir*. El hombrecito hizo un gracioso ademán.

—He aquí el Libro Luminoso —dijo—. En él, se enseña que el universo es un árbol y que el Santo, bendito sea, lo riega con su sabiduría, y así florecen los seres hasta ocupar la corona del árbol, siempre atraídos por el Norte de Dios.

Como en la historia del Cortejo de Etain pensé.

—No te apresures —dijo mirándome con seriedad—. Esta doctrina no tiene igual. Pues, según ella, en el Norte del Santo, alabado sea, anida el Mal como atribuyo Suyo, algo que Le pertenece por derecho propio y sin objeción. Algo de Dios, quiero decir, se ha exiliado en Dios, y esto es muy importante o muy grave —suspiró— porque el exilio, como se sabe, es un caso extremo de humanidad.

El hombrecito se presentó sin más rodeos.

—Mi nombre es Bumen pero la gente me llama el Eterno Exiliado de Mainz. He aprendido el hebreo y el arameo, y puedo leer el Midraschim.

Pinnosa le preguntó a qué se dedicaba.

—A lo único que vale la pena: a descifrar, en el Libro, el laberinto de arena y de palabras que es el mundo.

—...

—Porque, en verdad —explicó—, a pesar de tantos sabios que supieron preguntar, ignoramos casi todo. Quiero decir, algunas cosas se saben, pero otras no. Nadie negaría, por ejemplo, que en cada generación hay 36 justos de los que depende la vida, o que cada palabra del Texto es un pájaro de voz celeste que posee seis mil rostros. Pero ni el Talmud de Babilonia ni la secta de los Terapeutas de Egipto, con Filón de Alejandría a la cabeza, consiguieron despejar del todo uno solo de los enigmas de la Torah.

Pinnosa lo interrogó con los ojos.

—Oh, sus misterios son infinitos —dijo exaltado—. Hay quienes creen que la Torah es un espejo y que el Santo, bendito sea, creó el mundo al mirarse allí. Otros que, en cada letra suya, brillan 270 luces que son otras tantas entradas a su único y sublime Nombre. Otros, que la Torah no es más que un montón de signos desordenados, y que hay tantas combinaciones como universos posibles, en una de las cuales, acaso, vivimos nosotros. A mí me gusta pensar que la Torah es una amada hermosa que está escondida en mi propio palacio, y yo la busco sin pausa, y ella sabe que soy su amante porque me conoce, pero yo no la conozco todavía.

Por un momento pensé que el judenhut amarillo tenía la forma cónica de la pequeña torre de pizarra que se alzaba en la esquina. El hombrecito adquirió un aire conspirador.

—Esta noche es la luna nueva del mes de Adar, gloria a Aquél que no muere —susurró—. En la geometría sagrada del azar, sólo es nuestro aquello que perdimos. ¿Cuál es, entonces, la esencia del exilio?

La pregunta y su desaparición coincidieron.

Ni el hombrecito ahora. Ni siquiera la torre de pizarra ni la sinagoga en ruinas que Pinnosa me había mostrado eran visibles por ningún lado. ¿Qué había ocurrido? Pinnosa se limitó a mostrarme un pliego que Bumen me había dejado en las manos.

El rabino Leib leí *que estudiaba los ríos como si fueran estrellas, le dijo un día a su discípulo: "Te enseñaré un secreto. Para aprender la Torah, debes dejar de pensar en ti y escuchar, en cambio, lo que el universo dice dentro tuyo. Sólo eso, nada más, todo el tiempo". Pero el joven no seguía al maestro para aprender la Torah, sino para mirar cómo éste se desataba los zapatos y cómo, luego, se los volvía a atar.*

Pinnosa me tomó del brazo con dulzura.

La esencia del exilio dijo con naturalidad *es aprender a soportarlo.*

Después su cara se ilumina y la calle de los alquimistas vuelve a existir como en un sueño y yo siento que esa luz me arrastra. Me arrastra como si ella sola pudiera con toda mi existencia.

¡Infeliz! eso es lo que soy una infeliz ¿a quién se le iba a ocurrir? ignorar el mundo así

Isegault increpaba a Sambatia en la ribera. Los ojos llorosos y un temblor en la voz. El frío era abismal y sin embargo Mainz tan llena de curiosos *qué vienen a ver.*

Sambatia se limitó a decir.

El mundo de que hablas no me interesa.

Mentira   sí te interesa   lo que no te interesa es

el amor   porque en el fondo temes su delirio su de-
sorden   atrapada como estás   entre el deber y el odio
como un héroe ¿no?   voluntariosa y despiadada co-
mo un héroe...

¿Y? Yo no quiero esa dicha que me ofreces.
Prefiero escribir.

¿Escribir qué   por dios?

Un libro que resuma el siglo y lo niegue.

Uy uy uy   perdón   ¿y el cuerpo   mi querida?
¿cómo entra el cuerpo en tus planes?

No te entiendo.

El cuerpo la piel las entrañas ¿no son acaso la
materia de que están hechos los libros?

¿Quién te dijo?

No sé   digo   habrá una relación entre los ver-
sos y los besos ¿no?

Ninguna.

¿Ah no?   claro   me equivoco   lo importante
es tener el alma helada   me olvidaba...

Mira, Isegault, tú confundes el amor con la fusión y la fusión me aterró siempre. Déjame en paz.

Por supuesto mi Dama   no quise   al contra-
rio   le agradezco su bondad   usted escribiendo so-
bre mí   a costa de mí   contra mí   tergiversando mi
dolor si me descuido   con tal de que el efecto sea be-
llo   ¡eso sí!   para entrar en sus sistemas de ultraje...

Estás loca.

Isegault no contestó y Sambatia aprovechó
para atrapar un pensamiento que acaso ella misma
no entendía.

Tal vez tengas razón. No hay talento sin traición. Hay que poder mentir, si es necesario, para
dar con la verdad...

Isegault temblaba de furia maldiciendo sin
duda el talento.

Oh Sambatia te odio simplemente y te deseo ¿entiendes eso?

Sí, no es importante.

Siguió una queja tan triste y los ojos llorosos de Isegault y nuestro miedo a un nuevo vendaval y los fuegos que raleaban. El viento sopló con nueva saña. Las mujeres recordaron el frío las breves fogatas en la nieve y temblaban. Temblaron y el viento que arreciaba en medio del alba sin poder limpiar la noche. El pleito inconciliable de la noche. La noche interminable entre el corazón de Sambatia y el de Isegault.

No escuché más.

Todo el mundo a los barcos basta de perezas. El ruido de las cuerdas contra el agua. Clemens que pasa a mi lado *más valdría recuperar la Prudencia, hija mía, que es la más dúctil de las Virtudes Capitales, y así dar el ejemplo a estas desventuradas.* Yo misma que me olvido de todo la sinagoga la calle de los alquimistas el hombrecito de los enigmas y esta partida insensata en el prefacio del día. El viento no ha dejado de ulular. Hasta Brictola que sube a mi barco reemplazando a Cordula parece alterada. Apenas esperó para hablar.

Cordula anda diciendo por ahí cosas horribles de Sambatia. Como siempre, confunde los detalles del mundo con el verdadero alcance de las cosas y, por eso, no hace más que decir estupideces.

Brictola vio mi malestar y se contuvo.

Su rostro aceitunado y ese perfil de joven vestal. ¿Hace cuánto que no ríe? ¿Cuánto que la boca no se tuerce dejando descentrada a la nariz?

—No estarás celosa, tú también —dije pensando en Palladia sin medir lo que decía. ¿Se habrá ruborizado? No me atrevo a mirar.

No digas tonterías, Ursula... Mejor concéntrate en Sambatia, está en peligro.

—¿Qué dices?

Algo muy simple, en realidad: que, en el camino que escogió, late el principio del suicidio.

—¿Sambatia piensa suicidarse?

No dije eso, sólo que busca una cosa peligrosa.

—Pero si lo único que quiere es escribir.

Te equivocas de nuevo, Ursula. En realidad, Sambatia no quiere nada. Si pudiera, se ataría a las costumbres de los pájaros, los rostros de lo informe, todo lo que excede la disciplina de la métrica. Escribiría así el poema de las aguas, su vértigo lentísimo, como una desgracia disuelta en sí misma.

—Entonces Isegault tiene razón. Sambatia no sabe vivir y por eso sus pliegos mienten.

Esa interpretación es poco sutil. No toma en cuenta que, entre la ineptitud y lo verdadero, suele haber afinidad.

—Pero para escribir hay que vivir ¿no?

Depende. En el caso de Sambatia, la escritura siempre la ha precedido, es más rápida que ella. Tan es así que, muchas veces, la vi copiar lo que ella misma escribe para entender qué quiso decir.

—¿Y eso está bien?

Oh sí, siempre está bien no saber. Claro que perderse y viajar por las grandes preguntas como paseante solitaria es algo bien difícil y exige, como podrás imaginar, muchísima práctica.

De pronto me asaltó una duda.

—¿Tú crees que Sambatia escribe porque está triste?

Brictola reflexionó.

No sé dijo por fin. *A lo mejor es al revés y está triste porque escribe. Quién sabe.*

Ancho como tres monasterios y lleno de remolinos el río a la altura de Basel. Eso dicen. Las palabras se expanden en ese libro de espejos como si al caer se abrieran a la realidad de un sueño sin sentimientos sin tiempo sin intención. *Un ladrido. Ojos. Nada. Yo.* Una tras otra. Han reemplazado a la memoria y ahora no queda nada salvo un nudo de felicidad. Rosas que se multiplican.

Basel reverbera. Mérito de Otton dicen. Y después de Enrique el del Manto de las Constelaciones. Y también de Bernward artesano y tallador de cruces-estandartes contra el tumulto y la muerte que decoró su majestuosa catedral.

En la parte subterránea del ábside hay criptas dicen. Con efigies y representaciones del cielo y una hermosa miniatura de Nuestra Señora del Próximo Siglo. Los monjes cantan allí la plegaria hora tras hora como una imploración al fondo del mundo. Y una biblioteca secreta dicen con ejemplares de Séneca Ovidio y biblias presuntuosas. Y pergaminos venidos de Bizancio iluminados. Oro sobre púrpura o plata sobre minium. Tintas de colores delicadísimos. Ocres. Lapizlázuli. Azul de la montaña. Tintas fabricadas con vinos y perlas pulverizadas y jugo de gladiolos. Menos el negro sagrado que viene del aceite de las lámparas votivas de un templo radiante y lejano que llaman Hagia Sophia.

Giré la cabeza hacia atrás. Pinnosa en su nave celeste con los ojos cerrados sonríe. Pero yo no quiero rezar. Prefiero los bordes del río el agua congelada los barcos la espera. Por una vez las mujeres y yo coincidimos. Algo nos empuja sin pausa. Nos tiende un puente que es también muralla. Una locura abstracta. Rígidas en los pliegues de los vestidos figurantes de un decorado fluvial. Ellas comparten conmigo una ausencia. Danza efímera de pájaros migrantes. No sé llamar de otro modo a este vértigo. Esta renuncia que también deslumbra. Porque al movernos como esos pueblos de los confines del Imperio que no pertenecen a nadie nos transformamos en sombras. Y así quedamos libres de cualquier abrazo cualquier versión que intentara ceñirnos.

La caravana avanza.

Alrededor un caos abocado a un retrato. Un mundo de coníferas. Altas piedras y agua cristalina. Llueve ahora. Llueve sobre muros altísimos de pinos.

Las palabras solas peligrosas. La noche peligrosa en las palabras. La soledad nocturna del peligro. Hacia allí vamos Basel.

Me sorprendió porque Pinnosa nunca se había interesado en el asunto. No en la forma en que lo hacían las demás. En sus manos un manuscrito que Pantulus le había prestado. Los Evangelios de Lindisfarne rimaban con sus cabellos rubios. Los antifonarios libros de horas y demás volúmenes que tapizaban los muros de la biblioteca rimaban también.

Lindisfarne quiere decir Isla Sagrada, ¿sabías?

—No.

Pantulus es afortunado, este libro contiene un secreto que se ignorará por siglos.

Yo no quise ser menos.

—Pantulus guarda en estos armaria más de tres mil códices. Todo el mundo lo sabe. Su biblioteca es famosa y Basel se enorgullece de eso. Igual que en York en la época de Alcuin el asistente de Carlomagno aquí trabajan más de ochenta copistas y hay estudiosos que vienen de todas partes a consultar sus biblias y libros de coros y bendiciones y salmos. Aquí están los Comentarios de Cassiodorus la Navegatio de Maelduin el Hexateuco de Aelfric los diecisiete tomos de la Geografía de Estrabón la Gramática de Donatus una de las incontables versiones de las Crónicas Anglosajonas y el impensable Viaje de los Pájaros de un árabe llamado Ibn-Sina que tradujo Adelardo de Bath.

Pinnosa me interrumpió con suavidad cuando estaba a punto de perder el aliento.

Sólo muy pocas veces, Ursula, la erudición es una forma del pudor. En materia de conocimiento, la cantidad es lo de menos. La fórmula se aplica sin excepción también al arte y al dolor. Por eso, Sambatia todavía está muy lejos de ser una verdadera artista...

—¿Sambatia?

Sí, Sambatia.

Su tono se hizo aún más bajo como si pudieran oírnos.

Su problema es creer que Isegault podría robarle algo: eso invisible, desconocido de su vida, que la hace escribir.

Me acomodé en mi asiento. La voz de Pinnosa sonaba indiferente como cada vez que su ternura resbalaba endurecida hacia alguna verdad.

El amor de Isegault la amenaza. Teme que podría confirmar su existencia, distraerla de su sombra, esa vieja enemiga que la sigue desde siempre y sabe todo, lo que ella es y no es, lo que sería capaz de ser. Sambatia cree que el amor puede alejarla de esa violencia incesante y fructífera.

—¿Y no es así?

No. ¿Cómo podría serlo? La poesía es algo más que una estela del miedo, Ursula. Es también un

gesto delicado del alma. Ningún dolor la verifica,
ningún mundo.

Yo escuchaba con atención. A lo mejor podría después repetirle estas palabras a Sambatia. Extrañamente inspirada el enorme libro de Lindisfarne sobre el atril Pinnosa hablaba con los ojos cerrados como si me hubiera olvidado. Tuve que esforzarme para oír.

Cinco cosas son fruto de la aceptación: la inspiración, la contemplación, las revelaciones, la iluminación y la unión con el dios. Pero eso Sambatia no lo sabe y por eso busca en el dolor su estilo. No sabe que habrá empezado a entender cuando se pare ante su propio códice como ante algo que otro ha escrito, renunciando a la falacia de ser hospitalaria o inhospitalaria, porque el corazón humano no es una cosa ni otra, es simplemente una desnudez. Cuando omita más de lo que explique, lo abstracto fluya en la emoción, lo árido en lo dulce, porque todo siempre tiene dos caras. Cuando escriba en un lenguaje cambiante como el río, reproduciendo las permutaciones de las cosas, sin detenerse, como si leyera los pensamientos de un muerto, no para sufrir más, ni siquiera para sufrir mejor, sino para dar con las claves de lo que no ocurrió, porque lo posible también es parte del mundo. Cuando perciba, en el nacimiento de un invierno, que tiene miedo de su canto, del engaño y la pérdida de tiempo de su canto, que tantas veces es tedioso e infiel a lo real y petulante. Cuando comprenda que, con o sin canto, lo ha recibido todo de la vida, porque todos recibimos todo de la vida: la debilidad y el rocío, el mar y la impaciencia, la traición y el agua fría, las hogueras, las balsas en la aurora y el temblor de un rostro moribundo. Cuando no le interese sumarse a los doctos ni despreciar al vulgo. Cuando no quiera volver a lo que conoce, porque se perdería. Cuando, cansada de la pena y la compasión y la rabia, reciba a la extraña que fue, y entonces esa música sea como su vida, ese largo sueño que es su vida y su mirada navegue hacia el ocaso que es otro nombre del alba, y como comprenderás, Ursula, todo esto no tiene nada que ver con Isegault.

DEL OTRO LADO
DEL MUNDO

Cruzar las montañas.

Dejar atrás el río. Basel. La Germania.

Al menos segura de no tener que enfrentar el horror de no haberme atrevido. Un ascenso como una migración al centro del mundo. Todo tan lejos tan cerca a la vez. El balanceo pesado de los carros. Los cerdos. Fatigados los pájaros mirando nuestro miedo. De vez en cuando una infusión de hierbas. ¿A quién se le hubiera ocurrido? Hasta Ervinia se enfermó. Tenía mal aspecto. No dejaba de mascar cortezas de limón rechinando los dientes.

—¡Condenación! Este catarro me lo causó la luna —dijo— pero me curaré. Cuento las noches para llegar a Roma. Dicen que es como Babilonia, la gran madre de las prostitutas y las abominaciones de esta tierra. Un sitio donde impera el Seductor del Mundo, propicio a los agravios, los hechizos, la herejía. ¡Al fin! No habrá noche que perder allí (*¡Qué suerte!* susurró Cordula que le daba una sopa de col). Ah Ursula, cuando lleguemos a Roma, voy a enseñarte esas palabras que nunca hay que decir en el hermoso ruido del coito.

Las mujeres no querían comer. La altura y la pregunta constante volver o seguir. Una sensación que hipnotiza. Puro y doloroso el paisaje como el amor. Pinnosa nunca dejó de consolar. Los ojos brillantes enumeraba las cosas que se pueden aprender. *Por suerte* decía *nuestro destino es la intemperie, estar desprotegidas es un don.* Pero nosotras no escuchamos. Dormimos al raso nos sangran los oídos. Ni siquiera sentimos el peso de la cabeza sobre los hombros. Se hubiera dicho que la sangre iba a estallar en el cuerpo.

—A Pinnosa —dijo Ervinia— hay que purgarla de sus aires de eternidad.

Mi deseo es que la noche nos cubra. Ese instante supremo en que el goce es zozobrar. *Una fe lírica in extremis atestiguada por nada* diría Sambatia *como el recitativo de un salmo. Que todo sea nostalgia del perfume y no perfume. Porque el perfume es siempre inexpresable no tiene duración no emociona.* (Pinnosa estaba en desacuerdo.) Yo pensé en Alberticus. De haber podido habría vuelto en el acto a los extramuros de Bingen. Toda la demencia el desamparo humanos. Esa mezcla de pavor y milagro que es lo bello. Chillaban las aves. Las mujeres dijeron *hay un secreto, Pinnosa, en la turbulencia de la vida, nos engañas.* Pero Pinnosa en silencio señalaba los ecos las piedras la luz más allá de la luz donde canta el ruiseñor todas las pérdidas. Lunática hablaba como cantando. *Se equivocan* decía *se equivocan.*

La calavera de Aetherius.
Su sello inconfundible me dio la bienvenida a

la entrada de Basel. Enroscada en el pergamino que Pantulus Basiliensis sostenía en su mano enguantada. No vi más. Ni la ciudad fortificada ni la muchedumbre que nos recibía en trajes de colores ni el ejército de perros hambrientos en medio del invierno pavoroso. Yo leía. Las mejillas encendidas de pura agitación. Casi sin saludar a Pantulus. Sin hacer caso del ceremonial. Corriendo escaleras arriba hasta el cubículo que se me había asignado. Leo sin parar. No un pliego sino varios. Un mensaje tan largo tan largo. Había pensado en mí. Aetherius hablando de la muerte. Todo el tiempo había pensado en mí.

¿Viste alguna vez un cadáver, Ursula? ¿Lo miraste con los ojos fijos, como si fueras un dios? Deberías. La muerte es una parálisis que ve, como tu ausencia en mí.

Nuestro amor no existió, no existirá. Todo lo que hubo fue un yo en guerra contra otro. Y, al fondo, siempre, antes y después, una imagen tan bella que da miedo: tu barco en el instante de partir.

¿Y ahora, qué? ¿Retroceder? ¿Seguir? Me contagia el cansancio de mis hombres. Espero el fin del invierno en Koblenz, esa ciudad que guarda, como yo, la nostalgia de no haberte visto desembarcar. ¿De qué me serviría encontrarte? Lo poco que tenía lo perdí. No he logrado volverme aquel que tú amarías, si fueras capaz de amar.

...

Llegamos aquí al tercer día de las ferias. Al principio, mis hombres se holgaban en torneos o husmeaban los bazares del muelle, tan ricos y variados. Yo mismo hice comprar setenta piezas de tapicería, todas de seda frigia, y una yegua gris manzana para dártela. También compré un camaleón, que cambia de color como el miedo, y unos intestinos de carnero para hacer cuerdas de violín. Todo: gestos, apostura, semblantes y afecciones propios de septiembre. Pero eso pasó hace tiempo. La inmovilidad se impuso. Ahora mis hombres apartan los ojos si les hablo. Habituados como están al peligro, y como no saben qué hacer, cavan fosos, alzan muros, limpian infinidad de veces las ballestas o aprestan los dardos de cerezo.

Todo inútil. Yo tenía un país, Ursula, siempre odié la deserción. Yo entendía las leyes, la gloria, el intrincado laberinto del poder. Por seguirte, traicioné. Me empujaste a una guerra de imágenes. ¿Por qué pedir lo que no hay?

...

Ah, Ursula, si fueras capaz de percibir lo que no se te parece, yo por ejemplo.

...

Ahora, ya no sé lo que quiero, tal vez peor aún, no quiero nada. Arrasaste con todo, mi futuro, lo que está detrás de mí, dentro de mí, lo que yo mismo hubiera deseado abandonar. Y el reino que era mío, ensangrentado y sin rumbo. Mi padre, cebado en la obsecuencia, alienta a los corruptos. Mis amigos vacilan, olvidan sus nombres, los sostiene un pensamiento absurdo, mi regreso. Yo escucho las noticias con el corazón quebrado. Para ganar tiempo, pregunto nimiedades. Nunca amé las confidencias. Las pocas veces que las proferí fueron hacia vos, escondidas en el fervor y la reverencia de los pliegos. ¿Las escuchaste?

...

Me miro y no me reconozco. Mis cabellos prematuramente grises, mis ojeras profundas, la barba desprolija. Como si no tuviera un rostro o me hubiera transformado en un vacío. Nada, más allá de la obsesión de encontrarte. Estoy cansado, Ursula. El sometimiento es un lujo del odio. El odio anida y crece dentro de mí. No estoy seguro de saber protegerte.

Imagínate dice Cordula *tu amiga tenía razón, Aetherius te ha declarado la guerra.*

Saulae al acecho. ¿Qué le estaré robando ahora?

Isegault despectiva.

Brictola ante mis preguntas *Nadie puede puede arruinarle la vida a nadie* dijo *tu pensamiento es arrogante.*

Senia ¿será posible que haya tenido razón?

Marthen compadecida *Se debe haber cansado, pobre Aetherius, ya no quiere existir, se escucha envejecer tal vez.*

Ottilia que alza los hombros y esa mirada punzante de pájaro ciego que mira y acepta lo inevitable y por eso canta mejor.

Sambatia tomando notas.

Saturnia implacable como un cuerpo sano. Su complicidad es con Aetherius. Su complicidad absoluta es con quien odia más.

Pinnosa sonriendo como si la realidad fuera propicia siempre. Sobre todo en la adversidad.

Y yo que inexplicablemente estoy contenta. Ahora sí podré esperar que pase el invierno y después preparar el viaje a Roma. La gran aventura el espectáculo de Roma sus ruinas majestuosas. Ah Roma. Y después el bautismo la peregrinatio cumplida y después el regreso y después y después. Aetherius me ha escrito. Todo el tiempo pensaba en mí.

Basel cubierta por la nieve.

Las mujeres con sus patines de hueso como si fueran marionetas en un tapiz de tiempo. De día en los mercados visitan a los sastres organistas pintores de dípticos. Y en especial a quienes venden las telas de Oriente. Todo tipo de organzas y pasamanerías inocentes. Encajes y rasos vistosísimos. Drapeados o no. Hay juegos con zancos vendas en los ojos. Concursos de cetrería y trompos. Yo misma juego a veces con ellas a la danza bretona. A quien hace lo uno hace lo otro. A las reinas. Al puente caído. A la oca y después cuando la noche cae. En las altas piezas del monasterio de Basel Pinnosa bailaba con ellas descalza al compás de canciones de rueca girando veloz hasta marearlas. Y los escarpines las delicadas pantuflas de color carmesí las camisas de lino las cintas de satén naranja sobre el cabello despeinado rodaban ya por el piso como guirnaldas de ciruelas rojas. Sólo entonces con el corazón extenuado Pinnosa lleva consigo a esa raza hasta el origen de su origen.

Hay que saber soñar decía. *Dejar que el mundo nos beba, se embeba en nosotras así. El cuerpo no es más que una versión más lenta de lo que no es el cuerpo. Por eso no es mucho lo que hay que hacer, apenas abrir un canal entre nosotras y la inmensidad.*

Las mujeres callan dormían sobre sus camas

de paja acurrucadas en abrigos forrados de piel de marta. Mecidas por la intuición de que el mundo es un haz de luz donde brilla una presencia ausente y sin nombre.

Sólo las desvelaba una cosa. Isegault y Sambatia que no han dejado la nave. Hace días ¿semanas? que nadie las ve. Salvo las dos afortunadas que cumpliendo mis órdenes les llevan leche pescado madera para el fuego y vuelven contando historias contradictorias. En el imperceptible puerto entre las alargadas formas de las naves y ese perfume rancio a almizcle o rosa o musgo que exhala el río en Basel un gesto dice una que vio. Arrumacos. Y los edredones revueltos los cojines de seda enlutada la palidez horrible del rostro de Sambatia. Y después a Isegault en un rincón con los ojos llorosos tironeando las mangas de su abrigo de lana para cubrirse las manos. *No es verdad* dijo la otra *no es así. Isegault sostenía en la mano un pañuelo bordado, las mejillas le ardían.* Dijo que el barco parecía iluminado por un sol inesperado de febrero y que olía a almendros. Que ella las vio trenzarse en una lucha de cojines con las manos desbocadas por la urgencia. Los torsos cubiertos apenas hasta que empezaron a besarse largamente y sobrevino un silencio interrumpido por algo parecido a agudísimos gemidos. Y empezaron a reír una en el hombro de la otra mordiendo cerezas y limpiándose luego los labios con las anchas mangas de sus blusas blancas.

Durante el cruce de los Alpes la más perturbada de todas fue Ottilia. El insomnio la asolaba y después durante el día caminaba dormida y su pequeño cantar incoherente. Las mujeres la cuidaban trataban de espantarle los fantasmas. Si tuvieran un ogam grabado en cedro. Pero Cornwallis está lejos. Sólo hay pinos aquí. Vinieron a verme agotadas. *Tiene sueños horribles con los ojos abiertos. ¿Cómo curarla?* Marthen la encontró un día con la mirada extraviada y una madeja de lana azul girando veloz entre sus manos. No se atrevió a despertarla. El pelo anaranjado frondoso por la espalda y un halo clarísimo de noche. Ottilia contó después que había destejido a un hombre. *Miembro a miembro destejí a un hombre* dijo. *Dejando en libertad dos o tres aves pequeñas que habitaban en su alma.* Las mujeres la miraron incrédulas. *La madeja de lana azul es mi prueba.* Dijo que la madeja era la prueba de su sueño y que una tejedora de Verona era la única persona *ay, dónde buscarla* capaz de tejer de nuevo al hombre.

Otra vez fui yo quien la encontró a la intemperie en un risco solitario con su vestido verde escotado en andrajos. Tampoco se movió al verme. Abría y cerraba un cofre cada vez más rápido y un viento que parecía salir del cofre alzaba su vestido como las velas de un barco y un rugido infernal. Por un momento pensé que en ese cofre había un espejo. Porque la cara de Ottilia me miraba desde allí y sus ojos entre el otoño y la muerte. El cofre va a tragársela pensé. Corrí a buscar ayuda pero al volver Ottilia ya no estaba. Sólo un trozo de seda verde enganchado a una arista del risco.

Lo levanté sin que nadie me viera. Un trozo de seda verde como una madeja de lana azul qué poca cosa pensé para probar que un ser puede soñar a otro y así otorgarle o quitarle existencia a su antojo como el dios acaso nos sueña y después la prueba de todo. La vida y la muerte y lo poco que fuimos es el precario e inconcebible universo.

—No sé cómo esa araña peluda de Brictola...
—¡Cordula!
—Figúrate que le anda diciendo a todos que Reinmar es un traidor y un perseguido en su tierra. Y que, por eso mismo, me caló de entrada muy bien y no se dejó embaucar. ¡Que no es cierto que se haya fijado en mí!
—...
—Y pensar que en Colonia le regalé una capa de precioso color marino, toda escarchada de plata. Si fuera una culebra, me mordía. Y todo, porque se le puso en la cabeza que yo te meto cuentos. Me echa la culpa de todo, ¿sabías? De que Aetherius no llegue, de que tú no lo esperes y ¡hasta de que Sambatia escriba mal! Hazme el favor, como si a mí me importara. Conozco a la que sabemos de sobra para entender qué pretende sacar de todo esto: a) alejarte de mí para ser ella sola tu brazo derecho, cuando el papel no le sienta para nada, y b) desprestigiarme ante las otras, cuando todas saben muy bien cómo me lucí en Bingen y cómo organizaba veladas para Reinmar, seduciéndolo como una verdadera reina con mis encantos, más se quisiera ella...
—...
—Lo peor es que su estocada en la espalda me sacó una bilis que ni te quiero contar. Y, además, me hizo sentir insegura como si hubiera entrado, de pronto y sin velas, en la boca de un lobo. Imagínate, si estando yo tan feliz y a mis anchas en esta ciudad esfumada por la nieve, el incidente me desquicia tanto, ¿me puedes decir con qué cara

voy a presentarme a Reinmar cuando vuelva? Significa que no estoy lista para nada.

—...

—Ah, Ursula, Ich bin verliebt, Ich habe mich verliebt. Vámonos de Basel, me siento demasiado en casa aquí. ¿Por qué no dejas el aburrimiento de Aetherius? Olvídate de él, ese hombre es un incordio ¿no lo ves? Y, además, ya te lo dije, tú eres más fuerte, Ursula, bórralo de una bendita vez de tu cabeza. ¿Por qué no volvemos a Bingen?

La cabellera roja de Cordula haciendo fondo a la voz. La voz que canturreaba. La flor soberbia de su boca entre ese canto y yo.

La miro. Es tan frívola y deliciosa. Pero esta vez la voz se le quebraba. Omnipotente y frágil la voz se le quebraba. Yo pensé que oscuramente ella sabía...

Aetherius
Anoche te vi en un sueño.

Esperaba una frase mágicamente no dicha que nos sirviera de puente. (El alma es un asunto delicado.) En la otra orilla el rostro tú extendías. Yo avancé. Vulnerable como tú. Sólo un poco más ágil por la estela del agua. Menos tímida ante la misma nada. Yo cargaba el peso de la pena que todavía no vivimos acaso nunca viviremos. (Tu pena no estaba separada de la mía.) Por un instante nos deleitamos todavía con el miedo. Después renunciamos a todo incluso a eso. Bajo el peso de la luz más ardua de pronto tú reías. Como un niño sabio tú reías. Yo te dije Cuando se interne en el bosque la cazadora ciega dame la mano.

Ya era acabado el día.
Dijeron que una mujer quería verme.
Una monja que viene del bosque bohemio. De

una dura nación del Donau donde se baña a los niños en el hielo para robustecerlos. *¿Quién es?*

—Una Alta Sacerdotisa del Espíritu Libre —decidió Ervinia sin que le preguntaran.

—¿Y cómo llegó hasta aquí? ¿Por qué me busca?

—Si no lo sabes tú...

Yo le envié una comitiva encabezada por Marthen.

Viene de la diócesis de Trier informó Marthen *del monasterio benedictino de Schonau. La llaman Magistra, Sponsa Christi. Trae un arcón lleno de espejos que enseñan muchas cosas.*

—¿Por ejemplo? —la interrumpí.

Que lo reflejado es irreal, que la realidad sin reflejo también lo es, y que tú misma, que te hallas reflexionando ahora sobre estas cosas, eres tan irreal como ellas.

Marthen agitada como si hubiera visto un azar riesgoso. Continuó.

Su erudición horroriza un poco. Parece que estudió narrativa, augurios, explicación mística del cosmos, vida ascética, música, astrología judiciaria, desarrollo del alma, necromancia, exégesis, cálculo, visión beatífica, categorías del dios y no sé cuántas cosas más.

—Más bien parece una hermética de los Hermanos del Camino —insinuó Ervinia.

—¿Algo más? —pregunté.

Sí, me pidió que te dijera que en los Anales de Ulster, que aún no han sido escritos, figura la historia de tu amuleto y que esos Anales se guardarán algún día en la biblioteca de Dyflin. Allí, me dijo, quienes sepan buscar encontrarán también un hermoso poema de Sambatia.

Iba a interrumpirla otra vez.

Falta lo esencial, Ursula. Su especialidad es algo que llaman "el malentendido de la naturaleza".

—¿Y eso qué es?

La incomprensible relación que existe entre la voluptuosidad y el dolor dijo Marthen de un tirón súbitamente sonrojada y sonriendo como nunca y los hoyuelos ésos.

Dicen que su lujuria es sinuosa como la noche, que por su culpa habrá otra ciudad sumergida, que no tardará en llegarle un Bello Desconocido que la enamore y castigue. No hablan de otra cosa, te lo aseguro.

Saulae deja escapar una risita nerviosa.

Tiene razón. Basel murmuraba y el obispo Pantulus aullando contra Ottilia *esa mujer de gestos oxidados que lleva una maldición.* Porque Ottilia cada vez más turbulenta con sus perfumes de muerte su cabellera insolada cada vez más irreal *ejerce una fascinación malsana* dijo Pantulus *sobre todo en los más jóvenes, que son inexpertos y propensos a dejarse engañar, y después los arrastra hacia una vida disoluta con ese cuerpo que parece un naufragio.* Pantulus entiende.

Saulae recogió de la mesa mis guantes de cabritilla.

¿Estos guantes no eran míos?

Contar hasta tres.

Le dicen de todo en la cara, que es una mula bella y tosca, eso le pasa por ser así.

Volver a contar.

Qué hacer. Era evidente que Ottilia se extraviaba.

Saulae me está mirando. No ha soltado los guantes. No me dio tiempo a reaccionar.

Es tarde para hacer nada, Ursula. Ayer la vieron abanicando a un joven a la entrada de la catedral. Dicen que el joven la maltrataba, la obligaba a pintarse los labios y a mirarse en un espejo que llevaba en su morral, y que ella le obedecía, en el acto y sin titubear, llamándolo *amado hermoso, ángel querido, víctima mía.*

Una noche en plena montaña Cordula me arrastró de la manga hasta el cuchitril de Ervinia. *Sshh, está confabulando algo con Sambatia. Debería rociarla un poco con el polvo para la versatilidad, le hace falta.* Ervinia mordiéndose las uñas decía cosas. La escena era tan triste. Se podía oler el miedo.

—Dialanga dracumino diazinsebri.

—¿Y eso qué es? —preguntó Sambatia asomándose al menjunje que Ervinia preparaba.

—Un remedio para calmar la impaciencia, siguiendo la fórmula de Marcellus Empiricus.

—Ah.

—Supongo que habrás leído el Tratado de la Melancolía de Hércules de Sajonia.

—No.

—Pues ahí está todo. Hércules dijo hace mucho que el amor es fuego, hielo, picazón, pleuresía. Y enumeró como síntomas la sospecha insidiosa, las acciones extrañas, la sequera, los gestos lascivos y las miradas lánguidas...

Sambatia la interrumpió malhumorada.

—No vine a que me dieras clases.

—Si buscas remedio para Isegault, ve sabiendo que no hay muchos y no son muy seguros.

—¿Pero hay?

—Hércules sugiere melones, nenúfares y madreselvas, mirar imágenes bellas, escuchar cuentos, correr hasta el sudor, tratar de imaginar a la amada en traje de mendigo, mudarse o alentar alguna pasión contraria, emprender cualquier vicio que divierta la atención. O sea, en este caso concreto, sacarte del medio.

—Y tú ¿qué piensas?

—No sé, tal vez una sangría detrás de las orejas...

Ervinia se puso en cuclillas bajando la voz.

—Pero tú no viniste para eso, ¿no?

Cordula volvió a tirarme de la manga y casi me hace caer. *Qué te dijo tu querida amiga. Ahora sabremos de verdad quién es Sambatia.*

El susurro de Cordula y mi vergüenza me hicieron perder la respuesta.

—Cada cinco lunas —decía Ervinia—, ciertas cosas se convierten en cisnes y otras, en comadrejas de agua. Hace veintitrés lunas que dejamos Bingen. (*¡Ay!* suspiró Cordula). Muy pronto se cumplirá la calamidad que fue anunciada en un sueño. En Basel, vi tres manchas de sangre en la nieve. La muerte, Sambatia, se nos vendrá encima como el invierno. Y puedes estar segura: no hay ningún misterio en ella. Sólo unos labios verdes, rígidos y esas mandíbulas que caen. Lo que digo ocurrirá o no ocurrirá. Pero una cosa es cierta, tenemos el cuerpo lleno de lombrices.

Ervinia se movió un poco y yo vi que se besaba los pulgares.

—¿Sabes qué quiere decir Herr der Teufel?

—No.

Ahora la que se movió fue Sambatia.

—Señor Diablo.

Cordula susurró divertida *esta Ervinia, cada vez más mentirosa.*

—Esta noche rezaré en tu lugar, pero sólo esta noche ¿estamos? así que mejor memoriza lo que digo, si quieres usar la plegaria por tu cuenta.

Silencio.

Herr der Teufel dijo Ervinia imitando mal el tono de Pinnosa. *Señor de la Tristeza Profunda y de las cosas que emigran. Vientre sobre Vientre. Por los doce signos del Zodíaco, los doce meses del año con sus dos solsticios y sus dos equinoccios, por la luna que almacena la ira y los poemas, por todo el mal de nuestro siglo, su espanto deslumbrante y las lágrimas en forma de pera, en esta Era de la Ansiedad, permite que siga siendo vulnerable, angustiada, productiva. Líbrame de los envidiosos, de los que se creen genios porque estudiaron el trivium, de la vergüenza ante el elogio, de necesitar pliegos de recomendación, y de la falta de reconocimiento de la maquinaria monstruosa de los hombres. Líbrame también de la rueca femenil, de las puertas estrechas del linaje, de lo que pretende ser afecto y no es más que deseo de control, como ocurre siempre en las familias, y sobre todo, de los enamorados de los espejos, de cualquier sexo que sean. Nuestra Dama de las Tinieblas, alíneame con los confabulatori nocturni, los que tienen intenciones abyectas y piensan en cosas morbosas. Haz que esté a la altura de lo más bajo de mí misma, del azar, el sinsentido, lo vulgar, lo incomprensible y todo lo siniestro. Dispénsame el vértigo, el estupor y lo sórdido. Déjame caer en mi pecado favorito, en acciones viles y malvadas como el género humano, déjame sostenerme en ellas con orgullo, sin suspiritos ni lloriqueos, y estimula la longitud de marzo que es el mejor mes para las caricias prohibidas y para hacer el amor bruscamente, nada encabrita tanto los sentidos ni excita la lubricidad como los ajos, el estragón y las nueces.*

—Esa parte no me interesa —interrumpió Sambatia.

—Uf —rezongó Ervinia—. Está bien, volveré al aburrimiento de tus pliegos...

Hizo una pausa como para dar más efecto a su discurso.

Sálvame de las jaurías de soberbios, de·las rapiñas entre pares, las zancadillas, los pisotones, los puntapiés y, también, de los tiburones que pueden aparecérsele a una en las fiestas más inofensivas de la Corte.

Cordula susurró *se olvidó de los ladrones de ideas.*

Sshh.

Me diste el privilegio de una infancia con muchos desplazamientos, concédeme ahora la longitud del exilio, vivir en grandes ciudades y evitar la provincia, sobre todo la mía, porque su pequeñez es contagiosa y no se ve. Deja siempre un deseo incumplido, para evitar la mala suerte. Dame un enemigo invencible, uno sólo, y un pensamiento privado, y la libertad, que es el amor de las cosas sin consenso. Protégeme de los idiotas, los cómodos, los que aducen haber obedecido a otros para justificar sus crímenes, de la gente buena en particular, y de los seres humanos en general, que son más mediocres que desesperados.

Cordula agregó *como la que sabemos.*

Y de todos los que se creen héroes o santos, que son la peor lacra, y de la estupidez de los torneos y otros pasatiempos masculinos, y del hambre y demás desgracias corporales, como las manchas en el cuerpo por pequeñas que sean pero, sobre to-

do, sobre todas las calamidades, Nuestra Señora
que sacas de la Nada grandes cosas y enseguida las
haces volver a la Nada, líbrame de toda manipula-
ción, Evohé.

—Yo estaba con Marthen mirando el río
cuando vimos una novia que flotaba con el rostro
delicadamente vivo expuesto al cielo. La novia se
acercaba y Marthen me decía su frase favorita *los*
amantes se dan sus cuerpos como noches. Marthen
dijo que el amor era el arte del espacio. *Si son afor-*
tunados me decía *los amantes también se dan sus*
noches como cuerpos. Y ése es el momento más ries-
goso más excelso del amor porque los dos están per-
didos y lo saben. Los dos, que no son nada, perdida-
mente aman ahora esa nada que son. Y mientras
tanto Pinnosa la novia seguía allí. Yo la vi. Vi la novia y sus labios entreabiertos lentamente se acercaba no pude creer. Los rasgos de su rostro eran los
míos. Yo era la novia acunada por el agua. Su rostro era tan tenso y afilado...

...

—¿Tú crees que debería volver? ¿buscar a
Aetherius? ¿olvidar este viaje y consolarlo?

Pinnosa dijo simplemente *deberíamos danzar.*

En ese instante apareció una joven de cabellos claros. Un laúd en la mano y de pronto una
música tenue y el monasterio de Basel que empieza a girar. ¿Cuánto tiempo pasó?

—Estoy cansada —dije al fin.

Muy bien.

La mirada de Pinnosa desembocó en la joven
del laúd indicándole salir.

Sin que me lo pida cierro los ojos.

Todo como siempre, Ursula, es muy simple.

Escucha, Aetherius no es más que el nombre de un espejo. Un paño sobre el cual trazar los bordes de un dibujo. La huida, o mejor dicho el viaje y la peregrinación y la muerte, nunca se reducen a un hombre. Aetherius carece de importancia. Dijo esto y me acariciaba el pelo. ¿Pinnosa piensa lo mismo que Cordula?

El verdadero objeto del amor, quiero decir, es siempre algo que no existe. Una nada, cuya realidad se apetece. Puedes volver o seguir, da igual. Porque la historia ocurriría sin él, de todos modos, esa historia pequeña que eres, esa biografía que habrás de quemar en una gran hoguera, tu padre y Daria, Tarsisia, la inhóspita tierra de Cornwallis, yo misma y todas las demás, para que el corazón, no el tuyo, sino el corazón de lo real, pierda su frío y pueda aprender a amar.

Pinnosa no piensa lo mismo que Cordula.

Juraría que ha puesto su mano sobre mi corazón pero su mano no está ahí. Espié y no estaba ahí.

Lo mejor será seguir los planes como estaban previstos. No olvides que tienes el mandato de un ángel.

Cierto.

El resto, habrá que ver. La verdad se revela siempre en forma retroactiva.

Como una enfermedad pensé.

Y en cuanto a la imagen del sueño... yo creo que es magnífica: la novia flota, alzada por el agua, dejándose llevar, con los ojos puestos en el cielo. Has visto uno de los milagros del mundo. ¿Qué más podrías pedir?

Después murmura con extrema lentitud *La ilaha illa llah, no hay más dios que el dios.*

No sabía que se podía sonreír con la voz.

—Habrá comido esas rémoras que hacen eternos los pleitos —dijo Ervinia.

Desde que Marion se fue se lamentaba. Noche a noche de rodillas ante el altar de Basel Saturnia se lamenta descifra con paciencia el mal. Como un epitalamio envenenado arrebatada a un tiempo que no es éste Saturnia se buscaba. La cicatriz oscura de su historia con una nostalgia enorme por nada en particular. La habían torturado la habían violado (pero ¿qué significa violar torturar?). Había llegado a Cornwallis en andrajos. Humillada como triste y esa memoria sumando muertos llevando a cuestas su desgracia arrogante. Se buscaba con cautela como si diera a luz la enfermedad que la aquejaba. Y entonces un frenesí una materia pegajosa ensangrentada aparecía y la comisura de sus labios torcida en un rictus ciegamente como si algo se soñara en ella todavía.

Armorica susurró.

Yo la escuché decir *Armorica, Armorica de Gallia Lugdunensis* mientras se tironeaba del pelo. *En aquel tiempo en que lo irreal era nuestro. Mi espíritu entero tambalea. Un comerciante de mantas, ¿cómo pudo? Nunca la perdonaré. Su miserable huida destrozó la poca dignidad que me quedaba. Esa imagen de mí, cuando se erguía en un pedazo de la vida que se fue. Ya no podré quebrar la fealdad, tanta sordina que recubre el mundo. No podré creer en el horror, la atrocidad, la abominable serie de violencias que se hicieron sobre el suelo de mi patria. La sangre derramada me contagiará, me manchará, y yo seré una más, una asesina más, ni más ni menos que ellos, una fiera, una hiena sedienta y sin es-*

crúpulos. No, nunca la perdonaré. Porque al huir
así, lo negó todo, lo olvidó, lo suplantó, lo deformó.
Como si hubiera sido una ilusión, un espejismo, algo que ni siquiera ocurrió. Todo mentira, el exilio y
la muerte y las inagotables secuelas de la rebelión.
Su miserable huida dice esto: no fuimos diferentes,
no lo somos. Y, sin embargo, no puede ser así. No
puede no ser, lo que fue. No puede no haber sido,
porque yo vi, yo supe siempre que eso era, aunque
no sepa ahora si lo sé, si sé o no sé que eso ocurrió,
aunque ahora dude si será lo que fue, siempre así,
para mí, porque ella lo ha negado y todo por su culpa. ¿Cómo vivir, si no? ¿Cómo hacer frente al dolor,
el hambre, la constante privación de los más débiles? ¿Cómo ignorar su desamparo mientras otros se
hartan de manjares, sedas y poetas? Nada, ni tan siquiera el castigo que fija el Libro de Job me pareció
tan grave como el espanto de esta traición. Se perderá tu recuerdo en el país y afuera no te conocerán, no
tendrás prole ni posteridad, ningún sobreviviente en
tus moradas, se acortarán tus pasos firmes, tu propio plan te hará caer, así será el salario del impío. Todo eso dice el Libro y lo acepté, incluso con orgullo.
Pero esto, Marion, tu defección que me fuerza a seguir sola... este viaje cuyo sentido no comparto, col-
mado de rencillas de mujeres egoístas, totalmente in-
capaces de entender el manejo del mundo, los juegos
de poder, las ansias de destrucción y la ambición de
quienes se mueven todo el tiempo sobre ellas como
cuervos, sin tenerlas en cuenta (pero observando su
belleza), aprovechando su distracción, riéndose de
sus tonterías, dejándolas hacer con cierta displicen-
cia, mirándolas ir y venir por sus insignificancias
(pero quisieran tocarlas, tocarlas, eso querrían),
porque los asuntos que importan son otros, y no se

dirimen en un río sino en las cosas concretas, la Corte y los campos y el oro y el diezmo, y hay que batirse por ellas, disputarlas con astucia y de frente, y sobre todo, sin miramientos ni sensiblerías, porque mientras tanto la sed y el desconsuelo de muchos no cesa (pero ellas no ven la relación, no piensan). Ah Marion, sé que me acusan de frialdad pero la justicia también es una forma del amor, mucho más que tu pequeña orgía miserable, y esa fuerza que alguna vez me hizo sentir más grande que la vida, y acaso fue una ingenuidad, volverá a golpear, cueste lo que cueste, pese a tu deserción, que nunca te perdonaré, aunque nadie me entienda, aunque nadie pueda leer, en mi silencio, todo lo que no saldrá de mi boca y acaso de mi corazón, porque ciertas cosas no pueden salir así nomás, ciertas cosas se quedan pegadas dentro. Oh Armorica, Armorica de Gallia Lugdunensis, estoy tan lejos de todo lo que amé y entendí, tan lejos de aquello por lo que hubiera podido y deseado morir. Y aún deseo morir y no sé cómo, no sé cómo borrar esta derrota, desmentirla, no sé cómo ataría mi muerte a todo lo que quise y creí, antes de que se me acaben las fuerzas y la desidia se lleve también mi muerte.

De pronto lo compruebo.

Miradas desde Basel como espejos encontrados Cornwallis y Roma se parecen. Yo esperaba premoniciones para ordenar la partida. Pero *las premoniciones* dice Brictola *no son más que nostalgias imperfectas*.

Habrá que partir. Cruzar los Alpes como hizo el duque de Limbourg con 10.000 hombres a pie. Estudio los pasos elijo caballos monjes leñadores que nos acompañarán. Hablo con Isabel de Schonau. *Paupercula mulier et indocta* protestó Pantulus. *¿Cómo puedes creer en sus fabulaciones? Quid igitur ruda, inexpertaque puella faciam. Las mujeres, Ursula, son húmedas y torpes por naturaleza, con más facilidad sucumben al amor, al odio, la felicidad y la tristeza. Desconfía, hija mía, de esos pensamientos que te exceden en razón y entendimiento, y limítate a absorber lo que el Señor ordena para ti que tan trabajada estás, etcétera.*

Voy a llegar a Roma. Cumpliré el mandato del ángel. Oh Aetherius. ¿Quién va a acordarse de él del otro lado del mundo?

Pantulus hizo acuñar un escudo. Un grifo un unicornio trenzados a muerte y una banda con la leyenda *Christus vincit.* Yo escucho. Espero. Sigo el aprovisionamiento de las caravanas. Quisiera saber no lo que sé que digo. Sino aquello que digo y debiera saber.

La sabiduría es eso dijo Pinnosa *un pensamiento aún latente.*

Llueve ahora. Llueve sobre esta penuria de abril. Y eso en todas las horas de la luz.

Al principio fue lo mismo que la primera vez.

Mi cuerpo afuera del cuerpo. Mi voz resonando en otra voz. Aetherius llegaba suavemente y danzamos un ritmo cortesano. El bebía cerveza de la boca de un tankard. Después me mostraba un regalo que había traído para mí. Suave y finísima y de ónix una hermosa leona acostada boca arriba sobre un pedestal como a la espera de caricias y la cola majestuosa enroscada en forma de espiral. Pero algo estaba mal. Algo latía en la montaña. Entonces vi el cadáver. Un cadáver de patas encogidas como un insecto infame se acercaba a mí.

Me senté en la noche a ver si el filtro perdía efecto. La noche era tan fría. Me asusté de unas hierbas excesivamente verdes y unas teas rojas como ojos. Las tiendas oscilaban. El abismo. Bebí agua temblando y sin respirar. El cadáver encima de mí. Sus grandes patas como jaula. Una gran prisión sin aire. Una araña pensé. ¿Aetherius? No. El terror me invadió. ¿Entonces quién? ¿Daria? ¿La gran vocación de mi vida? ¿Todas sus maquinaciones su amplia gama de ausencias monótonas? Esas patas enormes ese cuerpo encima de mí. De pronto algo así como celos de mis pequeños encuentros con ella. Yo la amaba. La amé como a una cosa horrenda bella inexorable. Pedir auxilio a quién. Toda la noche al borde del espanto. Ningún movimiento y menos dormir. Quién sabe qué podría.

Palladia me encontró al día siguiente en la misma posición. Dijo cosas que no pude entender. Montañas siempre. Residuos de la noche helada. Sé que el cadáver está ahí aunque Palladia no lo vea. He perdido esta noche alguna posesión. ¿Y ahora qué? Aquél-que-es-quizá me mira. Palladia hablando. Caminar entre lo que olvidé y lo que todavía no he dañado. Algo en mí agradece la longitud de lo insondable.

Hubiera querido que Sambatia escuchara las palabras de Pinnosa. Que las oyera ella también como en un rapto y que después. Las rebatiera hasta aclararme *qué es el arte* pensé. Hasta zanjar el peso doloroso de esa duda que el murmullo enardecido de Pinnosa en la biblioteca de Pantulus frente a los Evangelios de Lindisfarne.

Brictola me escuchó repetir sus argumentos y se quedó pensando.

Para Sambatia terció al fin *entre la poesía y la esperanza nada es compatible. Todo es un asunto viejo, irremediable. Sus poemas son ella, la escritura un jardín inaccesible, y las cosas, un sueño sin conocimiento. Sambatia juraría que las obras más bellas del mundo fueron fruto de la infelicidad. Por eso, su temor mayor es desbaratar lo que no tuvo, esa luz engañosa que sostiene su deseo de hablar. Para Sambatia, Ursula, el arte es la guarida de lo real, y lo real, una perplejidad embargada por el desencanto. Para Pinnosa, no. Por eso no podría escribir. Desatada como está del centro de su propia obsesión, o más bien atada como está, ni siquiera lo desea. Para Pinnosa, sólo es incurable el éxtasis. El arte no es la guarida de lo real sino el ave de los párpados de seda.*

En fila.

En carromatos de vistosos colores. Algunas a caballo y otras a pie partimos ayer por la mañana. Nos despidió un grupo de niños cantores que Pantulus había hecho venir desde Freiburg. Las mujeres miraban con algo de codicia. Tan bellos parecen. Efebos ataviados con jubones de color escarlata. Una belleza equívoca de ciruela dorada. Algida promesa antes de la diferencia nosotras no somos más tentadoras que ellos. Antes de que se los tragara la tierra entonaron un salmo a la intemperie que nos pareció un mensaje de la misericordia. Pantulus con mitra y capa de astrakán. Esclavina cayado pastoral levantó el báculo donde había un gerifalte. Enigmático el toque de oración de las campanas. Entonces Pinnosa me sonrió y se dirigió a la multitud.

Todos los seres dijo *creen que buscan algo desconocido. Pero lo desconocido no existe. Existe sólo la suavidad de lo olvidado, su apelación insaciable. Por un río de puro bálsamo nos dirigimos hacia el Gran Atrayente, vamos hacia su exilio que es también el nuestro. A partir de ahora, navegaremos por tierra. Como siempre, inversamente a la llegada. Llevamos de equipaje nuestro cuerpo, pez en el tiempo. Y también unos cantos, unas preguntas cuyo sentido hemos perdido.*

Pinnosa vestida de luz hablando de cosas que no tienen imagen. Intensamente ausente y con los ojos bajos antes de continuar. *Cuando llega la noche, Ella está sola. Se acallaron las ruecas, los calderos, las azadas. Lleva una corona. No hay más poder en el mundo que el Suyo. Dicen que un libro futuro describirá su Palacio, cómo volver. Su nombre es Quién. Tú que no excluyes lo irreal, que reposas en el cambio como el fuego, condúcenos a tu profecía, tus breves sentencias oscuras. No dejes que se diga de nosotras, tus hijas escondidas, que dejamos el mundo en forma deficiente. Que todo sufrimiento sea un don. Toda plaga, contraseña. Amada en el Amado. Deus vos benedicat.*

Cuando Pinnosa calló Basel temblaba. Un viento repentino precedía al cortejo nacido en su corazón. Pinnosa me miró y dijo *Completamente ida, completamente ida y completamente abierta... Amada en el Amado, Anima Mundi.*

Las campanas no habían dejado de sonar. Pantulus dio la orden de partir. Una gran cohorte de pescadores actores ambulantes y lacayos nos seguirá hasta el pie de la Montaña. A los costados del desfile unas mujeres ofrendan granos de cebada. Por un momento no supe dónde estaba. Un alce cruzó delante nuestro y alcancé a sonreír a Sambatia que caminaba a mi lado. Después no vi sino fragmentos.

Monturas literas baldaquines zurrones de mendigos alforjas triangulares y blasones con fajas verticales. Y nuestros vestidos todos. Tanta pulcritud en las gorgueras y los suecos contra el piso. Pinnosa a pie adelante llevaba en su estandarte una enorme rosa negra de pétalos brillantes. Sambatia se acercó.

—La rosa de Pinnosa es el símbolo de la eternidad, ¿no?

—...

—La eternidad es horrible. Está llena de muerte como el placer, como la libertad.

La miré desconcertada. ¿De dónde había sacado esa idea? Pensé que no la conocía. Como tampoco conocía a las demás más allá de los detalles caprichosos que yo misma. Ottilia y su belleza ajada. Isegault en la jaula acogedora del rechazo. Senia y su venganza. Los zarcillos de Cordula. Saturnia en el círculo amoroso del odio. Los ojos huérfanos de Saulae. Sambatia en la nave del poema. Marion la rencorosa e Isabel que tal vez descifre lo que vendrá. Hasta Brictola con su lucidez la dulce Marthen. Pinnosa en busca de la Cifra y sus fuegos perennes. Todas me eludían. Algo se instalaba una y otra vez entre nosotras. Un arrebato irrisorio un presagio. ¿Adónde vamos? ¿Existe de verdad la Ciudad Radiante? ¿Qué es nuestro viaje sino un pobre universo de gestos suspendidos?

Sambatia me tironeó de la manga como si me hubiera oído.

—Vade Retro —dijo.

Me pareció que se persignaba.

Isabel de Schonau no habla con nadie. A medio camino entre lo real lo irreal como un pintor que subrepticiamente se incluyera en su fresco. No habla. Envuelta en su manto negro es una sombra que pasa. No menos rubia y alta un tatuaje grabado en un cuerpo invisible. Un pálpito. Por todo equipaje un arcón...

—¿Qué llevas ahí? —le pregunté.

Espejos, es decir libros que aún no han sido escritos.

La incredulidad se me notó.

¿Prefieres que te mienta? En ese caso, te haré una lista de los tomos que dejé en Schonau. A ver... el Catálogo de Estrellas de Hiparco de Nicea, los Acertijos de Aldhelm, un Aviarium de Hugh de Fouilloy, el Tratado de Vicios de Peraldus, una Topografía de Hibernia de Giraldus Cambrensis. ¿Sigo?

—...

Un ejemplar en octavo de la Historien Bibeln

de Rudolf, la Teoría de los Sueños de Hermippus de Berytus, el Liber Monstrorum de Diversis Generibus, los infinitos Divinis Nominibus del Pseudo Dionysius, el Viaje Nocturno de Ibn'Arabi y las nueve Antífonas que escribió mi amiga Hildegard de Bingen sobre tu viaje y las vírgenes...

La noche se detiene a veces como se detuvo entonces. Pero esta vez me tomó por sorpresa llenándome de pavor. Alberticus pensé. La profecía. Vendrá un tiempo de esplendor decían. Bingen será cuna de una novia de niebla una mulier trovadora juglara del dios. Ella abrirá la Gran Puerta del Alma la Gran Nada. Y entonces el monje replegado en su herida Alberticus el consejero el frater el de la boca angélica la guiará. Alcé la vista temblando. Isabel se había callado y pude ver la cicatriz en su mejilla sus labios intocados. ¿La verdad es un síntoma?

—Háblame de tu amiga —le supliqué.

Isabel suspiró.

Ah Hildegard, la conocí en Rupertsberg, ella fue mi maestra. Me enseñó casi todo lo que sé: los teoremas de la mística, la métrica del sueño, los monólogos dubitativos, la opresiva belleza de lo épico y las tentaciones del combate ascético que, como sabes, es la forma menos expandida del amor.

Hizo una pausa y agregó:

El amor, decía Hildegard, consiste en descubrir que se es amado. Y ese descubrimiento es terrible porque implica renunciar para siempre no sólo al sufrimiento y a la felicidad sino también, indirectamente, a la belleza... El éxtasis, solía decir, no es una categoría estética.

Miré mi vestido azul con firmeza. ¿No había

dicho Marthen algo parecido en el monasterio de K.? Imposible hacer pie en la memoria. Y menos con Isabel que hablaba del futuro del pasado. Y en sus ojos repentinamente enormes como búhos los hilos del destino se enlazaban a los astros. Y allí cobraban fuerza y regresaban a la rueca que ella manejaba como la tejedora de Verona que había soñado Ottilia. Y así de su tapiz nacían los barcos y las flores y los mares y el verano. El gran tapiz del mundo. Por un instante yo la vi en la torre más extrema de Schonau y en el lugar del corazón había un laúd. Y de sus cuerdas suavemente ella tiraba trenzando la forma de algún pájaro que de inmediato echábase a volar y eso era la vida. El hilo imaginario de una tejedora que sueña con las manos.

—¿No sabes si Hildegard hizo destruir las murallas de Bingen?

Las murallas no existen, Ursula, más que en la imaginación.

—¿Dijiste que escribía?

Sí. Escribía lo impensable. Su libro mayor, Las Vías de la Luz, parte de la medicina, la escatología y la devoción, para llegar al amor maternal del dios. Gebeno de Eberbach popularizó sus ideas en el Speculum Futurorum Temporum.

—Quieres decir que también fue profeta.

La palabra profeta es un desvío para aludir a la sabiduría. Y mi amiga era sabia. Me enseñó que no hay nada más divertido que abrir los ojos al mundo cuando todavía están llenos de la mirada interior.

—¿Sabía cantar?

Claro, cantaba y componía como un pájaro que busca el nido en el Nido. Escribió, además, una hermosa *Apología de la Música* y un misterioso *Glosario de novecientos términos de una lengua desconocida*.

—Así que en el arcón llevas espejos —capitulé.

Los espejos, Ursula, son siempre páginas en blanco. Los hay de todo tipo: grandes y pequeños, necesarios e inútiles. Hay algunos de múltiples facetas, donde se puede ver la abigarrada trama de una vida. Otros que sólo repiten la propia imagen y son los espejos de los enamorados. Otros indelebles como la sangre seca de una herida. Y otros que reflejan lo sabido y estimulan, por eso, la ignorancia. Hay algunos de plata incandescente como estrellas que no hubieran nacido. Y otros agoreros, capaces de enhebrar la suerte cuando se pasa sobre ellos la mano izquierda o se coloca, en su centro, un pentagrama de pétalos de orquídea. El más viejo de todos es uno de azabache y refleja el Gran Mundo, como un Libro Imposible.

Entonces Isabel extrajo del fondo del arcón un espejo ovalado y pequeñísimo y me lo mostró. Grabadas en el borde inconfundibles las palabras *Silencio en el Walhalla. El ruiseñor extraviado en el jardín. La rosa en la rosa oculta. Yo vi cómo pesaba la pena.*

Silencio.

Voy a pagar por esto pensé. Algo tendré que pagar.

Isabel se arrodilla para besar mi mano. *Ursula Regina* susurró.

¿Quién es esta mujer?

Norna del Paraíso de los Guerreros. Casandra nórdica. Presunta forastera de la noche. Sin más premonición que lo inasible iluminando frases prematuras y por eso. Isabel avanzaba como el río sin moverse en la crisálida del tiempo ella avanzaba. Como el río sin apuro hacia su propio hogar su propia nada. Con un cargamento de enigmas.

LA LUZ INVISIBLE

Avanzando ahora a gran velocidad como si ya no importaran el frío el silencio la increíble objeción de la montaña. Cantando a veces. Otras determinadas como ciegas.

Tarsisia apareció ante mí como en la infancia.

Parada en un círculo de fuego.

Viejísima y hablando con los ojos bajos con ese pudor tan suyo un poco taimado y los dedos finos. Como garras que plegaban y volvían a plegar minúsculas ondulaciones en su vestido negro Tarsisia sonreía.

Ah Ursula, el espectáculo de la vida. Cuántas cosas has visto. El deseo de poseer y la esperanza, que son la misma cárcel. La sed cansada de pronto, maravillosamente, de buscar sólo el agua. Has tejido y destejido la trama del espacio, habitado el silencio y los hospitales blancos. Has sentido tú misma la ira y la luz, la locura y su vértigo, el otoño imprevisto y la ebriedad del odio. Has rezado para conservar el asombro y para ahuyentar el pensa-

miento, para mirar la oscuridad de frente y enten-
der la irrealidad del mundo, para negar la falta de
sentido y para aceptarla. Has tenido miedo de la
noche. Muy bien, no se conoce plenamente sino
aquello que nos decepciona. El águila, Ursula,
guarda en su corazón demasiadas piedras. Ahora,
piensa bien: una vez que el mundo entero es tuyo,
¿qué podría agregar una vida en soledad? Todo pa-
rece tan simple y sin importancia, visto desde aquí.
Recuerda, la rosa en la rosa oculta. No se espera en
vano a la vera del río. Reconocerás la felicidad al
verla morir.

Me sobresalté. La voz de Tarsisia se escuchaba todavía en un susurro y su respiración un poco
asmática como una insólita marea. Ya no la veía.
La pregunta se descargó sobre mí como un rayo.

¿Entonces el deseo es volver? ¿Morir? La rosa en la rosa oculta ¿era eso?

Sí.

No. No puede ser.

Mandé llamar a Pinnosa en medio de la noche.

Pinnosa me escuchó. Como en un hiato de
tiempo ella escuchaba. Después cerró los ojos y dijo:.

No te equivocas, Ursula, entendiste bien. Huir
ya no es necesario, te bastará con dejarte guiar. Y
Aetherius y Cornwallis, e incluso aquello que igno-
ras que amas (porque aún no lo conoces), podrán
entrar en ti como una parte de tu mapa amoroso, ese
mapa móvil que gira como el tiempo y que es el es-
pejo del cosmos. No tengas miedo, no hay apuro, no
tiene por qué haberlo. Podría haber algo que hacer o
ver, incluso ahora, antes de morir.

—¿Quieres decir que moriré?

Sí, Ursula, morirás siempre.

Como siempre en la tienda de Ervinia un olor a zorrino a estiércol de caballo.

—¿Qué quieres? —dijo mirándome así.

Le pregunté qué me había dado. La historia del cadáver no me dejaba dormir.

—El problema es que tus pies siempre están helados. Eres friolenta como todo abandonado. Alguien debería estudiar los humores de tu cuerpo, examinar tu orina según las fases de la luna, pero yo no tengo tiempo. Mejor sigue con tu peregrinación a la Santa Sepultura y no me corrompas más las oraciones.

Insistí.

—¿No me ves ocupada?

En la tierra Ervinia había trazado un círculo y en él varios hexagramas y una jarra de hostias consagradas. Preparaba alguna ceremonia.

—Por favor —balbuceé— necesito saber.

Ervinia titubeó. Sin duda por mi expresión por favor.

—Está bien. Pero primero, alcánzame ese ejemplar que está detrás del trípode. Si guardas silencio, te enseñaré al final una plegaria para acompañar la masturbación.

¡Ervinia!

Su nombre no escapó de mi boca. Era un ejemplar de la Clavicula Salomonis.

—En este libro —dijo Ervinia— se explica la causa de muchas cosas: la luz gris, los pájaros que dejan de cantar y la tristeza repentina de las muchachas. También contiene secretos y conjuros. ¿Sabías que la limadura de hierro hace inflarse la carne de los varones?

Yo bajé la cabeza. Ervinia me explicó las virtudes de la salvia para las purgas. La escabiosa hervida para las cataplasmas. Los cordones umbilicales para ganar los procesos. El arte de San Jorge para recuperar objetos perdidos.

—Con este libro, cualquier avispado puede medir el zodíaco. Que sepa de números, claro, pues cada número significa una cosa. El uno, por ejemplo, representa la audacia, el 2 la división, el 3 la conjetura, el 4 las infinitas maneras de la corrupción política, el 6 la salud, el 7 la desgracia o la virgen, el 8 la prudencia y el 9 la vida de los planetas.

—¿Y el 5 y el 10?

—Oh, el 5 es el matrimonio, no te concierne. Y en cuanto al 10, es un número que no soporto. Todo entra en él, lo par y lo impar, lo singular y lo múltiple, todo preservado para siempre, sin incertidumbre ni oscuridad, ¿te imaginas qué horror?

—¿Y esos animales? —le pregunté. Ervinia separaba los pergaminos con los dedos.

Vi una figura extrañísima de pelaje azul con tres filas de dientes y cola de escorpión.

—Este es el bael —dijo—, famoso por sus testículos que dan un líquido verde, muy bueno para las arrugas. Y ésta, la hiena, cuyos ojos puestos bajo la lengua ayudan a fingir. Los animales son muy importantes por esto —concluyó— y por otras razones, que no voy a revelarte.

Yo pensé que el conocimiento da poder y por eso se imputa al Maligno.

Ervinia puso el libro a un costado atándolo con una cinta donde se leía *Feomina diabolo tribus assibus est mala peior.*

—Hace mucho te dije que no hay remedios contra el abandono, ¿te acuerdas?

Cómo iba a olvidarme.

—... pero se puede, en cambio, siguiendo cuidadosamente las instrucciones de este libro, averiguar los signos que en una persona preceden a la calma.

Tomó unas cartas extrañas.

—...Son veintidós y representan los veintidós caminos del Arbol de la Vida y los veintidós mundos visibles, ¿te interesa?

Ervinia espió mi asentimiento y se retrajo a su libro. Nunca entendería su mundo. Las pulgas los repollos las ollas colgando del techo. ¿Qué tenía que ver todo eso con las cosas que me emocionaban Nuestra Señora de la Esclavina o la historia del Bello Entristecido?

—Cicuta beleño belladona —repitió tres veces.

Después colocó las cartas en el círculo dibujando una figura incomprensible. Tuve que esperar un buen rato.

—En nombre de la Orden del Amanecer Nublado, ¡tienes la luna en destierro! —exclamó.

—¿Y eso qué quiere decir?

—Que tu tristeza es infecciosa y se desplaza hacia atrás como un cangrejo. Su fin es alcanzar la doble muerte, la Gran Muerte. Pero los demonios montan guardia en las montañas y, sobre todo, en los pasos, los puentes, los puertos y en las puertas de las grandes ciudades, que son zonas fronterizas y satánicas por excelencia.

Seguía sin entender.

—La Guerra de las Damiselas y sus círculos movibles —anunció triunfal mientras blandía en el aire una carta llena de máscaras de oro. Al parecer la carta confirmaba sus sospechas—. Tú querías huir para huir de tu lascivia dormida y de tu frío. Pero él no entendió, él emprendió una cacería sin saberlo, amó en ti a la extranjera, eso que hay de elusivo y casi hostil en todo ser, y después tuvo miedo de la presa, es decir de su codicia, y se detuvo. Del agujero celestial caen espesos copos de nieve. Hay tarántulas rodeando tu figura. Harías bien en rezar a la Dama Negra del No Retorno...

La vela de sebo consumida y ahora un esfuerzo enorme por evitar que sus palabras se me escaparan del todo.

—Ah Ursula —siguió—, atención a los salteadores de caminos. Eres tan poco observadora. Te quemarás con una vela. Tu lascivia está ahora más viva que una herida, y a él lo cubre el ala fría de la sombra. Los matrimonios blancos son un combate duro. En el campo cerrado del lecho nupcial, los amantes se hurtan. Acuérdate de Cunegunda. Chillan los animales enfermos y él no llega. Pobre infeliz, en su deseo pegajoso es incapaz de dar con lo que quiere, lisa y llanamente tu cuerpo. ¿Vas a querer la plegaria para la masturbación? ¿Sí o no?

Aetherius.
La fatiga puede ser una esperanza. Lo dice Pinnosa que sabe. Yo también sé del miedo. ¿Cuántas noches llamé a una misma puerta sin ser atendida? Había una casa abandonada y yo quería. Saber quién fui qué soy para qué sirven mis sentidos aferrados a la materia reluctante. Yo quise oír el cuerpo de lo ausente. Dejar de ser idéntica a mí misma. Encontrar un pasaje hacia el jardín sombrío de la infancia donde una vez supimos qué éramos.

Ahora la luz es demasiado viva. Señal que el día muere. Llegaré a Roma muy pronto. El papa Ciriacus me espera. Su palacio entre ruinas. Sus escudos bordados en filigrana con el Caballero del Cisne.

No tardaré en volver. Interrumpe tu persecución. No sé qué me pasa. Por unos instantes horas días perdí la conciencia de existir. Tuve la visión de un cadáver el cuerpo me quemaba. No comprendo. Tan total el vacío y mi corazón rebosa.

No fue tu culpa. Soy yo la que no supo desandar la estela funeraria. La que fue a tu encuentro como quien se aleja. Como busca la ciudad al Río o el alma al Amanuense de la Vida.

¿Me amabas duramente? ¿Yo te amé? ¿Un amor tan perfecto que murió? ¿Y así pudo nacer cuando moría? Te pido que me esperes. Te lo ruego. Me despido hasta pronto con todo lo que es mío. Con esa nada que soy.

—No te quedes ahí. Pareces Sigrid, la Altiva.

—...

—¿Cuándo dices que ocurrió?

—El jueves.

—Con razón, las cosas siempre se atraviesan como espinas de pescado cuando la luna está en Mercurio.

—¡Cordula!

—A lo mejor te pasó porque te persignaste con la mala mano por la mañana.

—...

—Bueno, yo qué sé, ¿estás segura que seguiste bien las instrucciones de Ervinia?

Cordula disfruta de la tenue brisa. Apoltronada entre almohadones decorados con plumas de faisán las piernas cubiertas por una suave tela de chintz. Volví a explicarle en forma detallada la historia del cadáver como si quisiera impresionarla.

—Ervinia te diría que esa araña se parece a Lamia, la mantis religiosa de Ovidio: pura voluptuosidad desenfrenada para atraer y devorar a sus víctimas. A lo mejor, eso es Aetherius para ti.

Bajé los hombros vencida.

—A lo mejor, sin querer, te dio mandrágora.

—¡Pero la mandrágora es un afrodisíaco!

—Claro, ¿y qué pensabas? Mira que eres boba, tú también.

—...

—Bueno, tampoco es para tanto, ¿oíste?

Insistí en el cadáver *era Aetherius o Daria* dije. *O ambos a la vez no lo sé.*

—Si alguna vez le hicieras caso a tu querida amiga, y dejaras de agitar tanto el pensamiento... Yo que tú, prendía una vela rosada para el afecto y la calma, como hice yo cuando tuve ¿te acuerdas? aquella pelea horrible con la que te dije en Basel, y me agarró un dolor tan fuerte en el pecho que tuve que pasar unos instantes respirando profundamente, aterrada de que me iba a morir ahí mismo. Menos mal que Ervinia me salvó. Porque, tú dirás lo que quieras, pero nadie tiene su experiencia. Ella me hizo ver lo obvio, y es que el mundo está lleno de culebras y esas culebras aparecen, sobre todo, cuando una está silbando en el bosque equivocado. Entonces lo mejor es sembrarles el camino de piedras para que se rompan los colmillos ellas solas. ¿Te acuerdas que la propia empezó a andar con un humor de perros? Te recomiendo la vela rosada, Ursula, y que te olvides de una vez de ese pazguato de Aetherius. Terminantemente prohibido pensar en él y en si viene o no viene, que es tu idea fija y tu mejor muro de los lamentos, por si no lo sabes. Ay, Ursula, qué manera de perder el tiempo. Ven, voy a mostrarte algo.

Ha vuelto a suceder. Cordula y su costumbre

de restar valor a mis problemas para acaparar ella sola toda la atención. Y sin embargo yo misma instigo el juego y a veces lo estimulo porque al actuar así Cordula no comprende. Que se expone ante mí se vuelve vulnerable y yo mirándola sufrir. Puedo juzgarla y ampararme al mismo tiempo de la envidia que tal vez... mi dios parezco Saulae.

—Mira —dijo abriendo su arcón.

De verdad ese arcón es un prodigio. Hay diademas bucles encajes de Alençon. Y prendedorcitos de jade porcelanas de Meissen un calendario lunar. Y redecillas para el pelo y agujas de la buena suerte y hasta donde alcanzo a ver un astrolabio y un aguamanil. Acaba de anunciar que va a regalarme algo.

—Elige —dijo triunfante.

Y yo elijo una redecilla tejida con hojas de muérdago sin dejar de pensar que el amor humano es un cálculo. Una pugna infame por ver quién somete a quién mientras Cordula se aleja. Con esa elegancia impar como si pajes secretos le abrieran el paso poniendo una alfombra roja bajo sus pies.

Un cuerpo súbitamente expectante de algo que vendrá lo raptará de sí. Como si hubiera un objeto y un ladrón. El objeto tiene miedo. El ladrón lo acosa cada vez más. Hasta que un día el objeto descubre en sí lo inaudito. Un deseo mórbido insensato de ser completamente hurtado despojado de sí. ¡Se ha enamorado del ladrón!

Miro a mi alrededor y veo contra el fondo irreal de las montañas la fila de mujeres. Ese tráfico de hijas. Islas de memoria. Único estandarte suspendido en el tiempo.

Moriré. Sí. Tal vez me atreva. Morirá el cuerpo de mi alma. Se disolverá y dejará de ser pero las piedras y las grandes aguas y el manto luminoso del cielo y esta brisa que ahora sopla sin ninguna noticia de Aetherius seguirán siendo yo y entonces habré visto al dios que es también nada y todas las cosas.

Isegault la escuchaba con los ojos cerrados. Sostenida por milagro en el orden del mundo. Por su amor absoluto enigmático. Indecentemente sola cada vez más atractiva. Como una dilapidación.

Tienes que entender, Isegault volvió a decir Sambatia *es verdad que escribo como un héroe, pero no como un héroe que triunfa sino como uno que huye, fatigado de su lujosa valentía.* Isegault la escuchaba y sonreía. Isegault que venía de Hastings de los fríos inviernos sonreía simplemente como una forma más desesperada de llorar. Maldiciendo los versos vanidosos de la amada. *Yo pensé* volvió a decir Sambatia *que alguna vez ser infeliz daría sus frutos, por eso me alejé de los encuentros, las ciudades que amé, las cosas posibles.* Desconcertada Isegault. Incapaz de abrir de nuevo esa compuerta a los sueños de su vida y Sambatia *como un héroe, con la fuerza taimada de aquellos que no se someten, así viví* hablaba quedamente. *Porque un héroe vive así* decía Sambatia *abandonando, sin saberlo, lo real y sus dulces interregnos, el desierto y sus oasis.* Isegault luchaba por recobrar el rostro que se le desvanecía ahora entre las manos. *Y sin embargo* siguió Sambatia *hay un momento en que el guerrero, hipnotizado, tropieza con la cueva del amor, porque sabrás, Isegault, que héroe en griego significa amor.* Isegault hizo un esfuerzo por abrir los ojos se movía apenas en su quietud agitada. *Aun-*

230

que lo más probable sus pensamientos como pequeños espasmos *es que, para ese entonces, sea tarde, no sabrá reconocer su propio hogar, ya no tendrá sino su pobre triste canto.* Isegault apretó los párpados. Había sacrificado al cuerpo todos los puentes que la llevaban a Sambatia qué hacer con el giro que tomaban ahora las palabras. Había esperado tanto que Sambatia se cansara. Amar no era acaso más que eso. Isegault desahuciada con los ojos húmedos siguiendo a Sambatia como sombra. Convencida de que el arte es la trampa más sutil del dios. Sambatia volvió a decir *y sí, escribo como huyendo y no me importa. Infinitas son las fugas de lo igual a lo igual, y de todo, al fin y al cabo, saco mi provecho.*

Isegault se movió apenas y Sambatia partió dejándola conmigo sin despedirse siquiera. A esta mujer pensé nada la toca. Jamás escribirá una sola línea verdadera. Ninguna escritura podrá ponerla en marcha adentro de sí misma y sin embargo. La obstinación es bella entre sus manos y hasta el silencio del instante *mi dios* decía Isegault *cómo la amo.*

Roma.
Dos cortejos sinuosos que se acercan. La procesión papal con sus doce estandartes de color escarlata por la via Aurelia delante de la zona de los Prati. Los pliegues de la capa blanca de Ciriacus. La elegancia de los cardenales los cirios las sombrillas. Detrás las siluetas del Panteón la Torre de las Milicias. Ciriacus demacrado. Mirando el cortejo con parsimonia. La mitra de seda con incrustaciones de ámbar de coral de topacio. Estola y tonsura. Trompetas desde el Castel Sant'Angelo. Y

231

más lejos aún la fortaleza de Adriano el Hospicio de Santa Maria in Portico la Schola Saxonum Cantorum.

Roma. Cathedra Petri. Capital de mártires. Reflejo de la Jerusalem celeste. Paraíso del laberinto del corazón. Y las campanas que no dejaban de sonar. Nosotras subimos por la via Cassia. Un sendero de vírgenes de cabellos dorados. Ascesis. Nuestra bandera de los peregrinos una cruz roja sobre paño blanco. Intercambio de regalos. Y la mano enjoyada de Su Santidad. *Hija mía, servus Dei. ¿Qué te trajo hasta aquí? ¿La desesperación o la fe? Nada temas, el Señor es tu dueño, tu protección, tu guía. Esta ciudad que pisas ahora es Su Reino, etcétera.*

Roma.

Hacinamiento. Hedionda de orines humedad leche rancia. Como si todo en ella celebrara el majestuoso fracaso de la vida. El obispo nos condujo entre las calles. Las ratas se nos cruzaban como pájaros ligeros y reptantes. Yo te sentí tan cerca. Me pareció adivinar tu pensamiento *el paisaje humano es atroz* decías *déjame cuidarte.* Oh Aetherius. Si pudieras ver Roma. Mi primera noche aquí fue de insomnio. O la ciudad era irreal o lo era el sitio del que yo venía o lo era yo simplemente como un sueño. Esta ciudad es un acto de fe. Se ven las cosas como a través de espejos. Aprenderías de un golpe la hermosura el vuelo esplendoroso del horror. Si pudieras no asustarte por las noches. Nauseabundos lisiados transidos enclenques se arrebujan entre harapos. Se han adueñado de las calles. El caudaloso manso Tíber con su abundante arena arrastrando osamentas perros muertos el llanto y la disentería que arrojan en él los callejones inmundos. Tíber amarillo: río el más querido del cielo. Probado en la desgracia. Dicen que los que viven a su vera son seres abyectos ven lo que otros no ven. Que en su arquitectura están todos los viajes. Esos viajes que borran al viajero obligándolo a horadar lo que no sabe. Todo era locura y claridad. Nadie temía morir viviendo la muerte. Yo te digo Aetherius que el vértigo es un don. Los combates son aves la sombra un traje victorioso.

Roma.

De loci sancti. Urbs aeterna. Llegamos a un inmenso círculo empedrado donde esperaban los obispos. Llevábamos las Fórmulas de Marculf nuestro salvoconducto. Ciriacus quitándose la mitra con parsimonia. La casulla de seda blanca la mano enjoyada. Me bendice. Nunca la blancura dijo tanto de la noche el abismo acrisolado. Esta ciudad no existe. ¿Será por eso que los hombres aman aquí el teatro? ¿Se laceran para refinar el placer? ¿Aprecian la alegoría de los trajes? ¿Lo saturado del espacio lo macabro? Los obispos cuchicheaban detrás como un latido sordo. La multitud expectante. Siempre el muladar humano. La miseria ama y es amada por las fiestas. ¿Y nosotras? Nosotras en este espacio ilusorio entre sonrisas pestíferas caras verdosas nuestra pureza es una mancha. Nosotras que llegamos como un incendio una aparición. Nosotras avanzamos como un río sagrado ¿Tíber ciego y amarillo? Pisando ruinas de la imaginación humana renovada siglo a siglo avanzamos como fiebre sobre ruidos hambres masacres maldiciones. Sin fin la Historia. Reducida a un detritus. Esta ciudad grandiosa y repugnante edificada sobre alianzas rotas. Victorias que hubiera sido mejor no tener. Avanzamos. Espantadas de nosotras mismas. De la imagen que agrega nuestro paso a este paisaje. Midiendo como nunca la distancia inexorable entre la criatura y el dios. Nuestros vestidos de tafetán por las calles infames de Roma nuestra pureza es una mancha.

Roma.

Palabras de piedra.

Ciriacus sostenía un cayado de tres cruces. Dijo algo sobre el corazón herido del dios nuestro viaje inexplicable. *Mira, hija mía, hoy que tan perturbado está el Universo, las calles doradas de Roma. En medio de la ingratitud y el pecado torrencial* dijo *este milagro de la vida: pintores, expertos en hidráulica, físicos del alma se dan cita acá. Exquisitos dibujantes de jardines, coreógrafos forenses, especialistas en discursos, en fuentes que envenenan y en necrópolis. No confundir. La poesía es un arte disidente y florece en la adversidad.* Sambatia asentía. Las campanas no dejaban de sonar. El mediodía asfixiante. En un momento Ervinia escupió. El gesto ruin de su boca un fogonazo. Ervinia en Roma. Ervinia y Roma. Ambas dicen que el corazón humano es aberrante. Subiremos para admirar la basílica papal entonar el himno *O Roma nobilis*. Aetherius se incorporó lentamente en mi corazón.

Roma.

Las mujeres listas para la genuflexión el bautismo. Lloran. El está ahí. Aetherius. Ese cuerpo mío afuera de mí. Yo te llamaba el extranjero. Bajo el sol lapidario los obispos. Ciriacus el pontífice. Se paró ante un atril en forma de águila *Hija mía* dijo *en Roma hay trece monasterios, 126 bibliotecas, termas, oratorios, mercados de caballos. Cada raza trae aquí sus propios crímenes, hay magos* dijo *bufones, baños públicos donde la juventud se entre-*

ga al vicio, la ostentación, la molicie porque ha perdido el trato verdadero con el cuerpo. Dijo *hay ferias donde se venden paños árabes, pieles de Esmirna y Samarcanda.* Las mujeres parecer no oír. Eras tú. El amado. Aetherius dentro de mí. *Las grandes preguntas cuelgan siempre, hija mía, del pico de las aves de presa.* Las campanas no dejaban de sonar. Aetherius se incorporó lentamente. Bello como una bestia joven y en exilio te acercabas lentamente a mí. *Hija mía.* La mano ricamente. *Ave Roma.* Ahora el territorio está invadido. Una sola inmensa hoguera adentro de mí. Enigmático el cuerpo soltando amarras. Las mujeres listas para la genuflexión y el bautismo. Arde Roma en mi corazón. Tú que estás vivo en algún sueño. Amada en el amado. Te acercaste lentamente a mí. ¿Por qué siempre lloramos en la entrega?

Poco antes de emprender el regreso me acerqué con cuidado a Isabel de Schonau. Me empujaba tal vez su palidez. La inminente pérdida de Roma. Un súbito rencor que no hallaba destinatario o causa.

—Háblame del futuro, Isabel.

Ursula Regina dijo. *Tu procesión es todo lo que importa. Llegar al final de la noche y de este viaje.*

—¿Pero no llegamos ya? —le pregunté para probarla.

No dice. *Roma es apenas un rostro —cualquiera— de eso que llamamos, por ignorancia o pereza, realidad. Hay una ciudad, en cambio, espiralada, completamente rodeada de mar. Y de ese mar nace un canal que la penetra hasta llegar al centro, donde está la torre más alta, la más bella. Tus barcos, Ursula, siempre han viajado hacia allí. Lo que es más, tam-*

bién de allí partieron, si se toma en cuenta que el tiempo no es más que un efecto de movimiento, a lo sumo un despliegue lineal de lo que ya era.

Mi ciudad líquida pensé pero no dije nada.

—Prometiste que contarías mi historia —le recordé.

Sí, pero no como tú la concibes... porque, en ese sentido, no existe.

—...

Empezando porque, para existir, debería incluir, digamos, la luz invisible, y todos los sentimientos y formas que no sabemos ver ni comprender, ni siquiera imaginar. Además, porque tampoco en ese caso sería única: existirían infinitas versiones de los hechos, tantas como seres que estuvieran pensándolos.

—Saturnia diría que tus ideas le hacen el juego a los poderosos.

Saturnia puede pensar lo que quiera.

—Pero entonces, ¿qué sentido tiene que cuentes mi historia?

Ninguno.

—¿Quieres decir que no lo harás para que se sepa la verdad?

No. ¿Cómo podría afirmar una verdad que ni siquiera tú conoces, tú que estás viviendo?

—Imagino entonces que tendrás otro fin. Contar una historia es muy trabajoso.

A lo mejor... lo haré para entender algo de mí misma y así colaborar con el sueño del dios.

Isabel estuvo a punto de volver a ensimismarse pero recomenzó en un tono que no le conocía.

Y te advierto, desde ya, que mi relato estará lleno de falsedades. Como el de todos los demás, por otro lado. Porque has de saber que tu viaje será con-

tado mil veces, por legos y eruditos, laicos y creyentes, en varios idiomas, antes y después de mí, y habrá inclusive representaciones pictóricas (algunas, por cierto, muy hermosas), además por supuesto de canciones, encomias, himnos funerarios y poemas.

Yo la miro sin pestañear.

—¿Podrías precisar un poco más?

¿Qué quieres saber?

—Todo.

Isabel me sonrió como a un niño.

Todo, es imposible. Puedo intentar contarte aquello del futuro que haya macerado. Es decir, esas versiones que, de algún modo, incluso ahora, ya pertenecen al pasado. Pero con una condición: debes escuchar lo que diga como si te fuera extraño, aceptar lo inexacto, las intercalaciones imprudentes, los cortes arbitrarios, las incoherencias y también mi torpeza. Recuerda que la arbitrariedad es la base de toda memoria: en ella, como en toda creación, el concepto de tergiversación no existe.

Me pregunté si la premisa se aplicaba también a la creación del dios.

—Acepto —dije— pero antes dime quiénes hablarán de mí.

Oh, eso no. Nos llevaría el día entero y no habríamos siquiera comenzado.

—Algunos al menos.

Dunstan será uno. Un fundidor de campanas que trabajará en Canterbory cuando esté en uso el Salmo de Bosworth.

—Pero Dunstan vivió hace tiempo —me alarmé—. Hildebertus me habló de él. Me contó su debilidad por la hermana del rey Athelstan y su piadosa inclinación por la salmodia y la vigilia nocturnas. Lo he visto en representaciones agarrando a los demonios por la cola con sus pinzas de herrero.

Te advertí que habría incoherencias. Si me interrumpes así, no avanzaremos nunca.

—...

Mejor empezaré por un final cualquiera, ¿qué te parece?

Después pensé que había dicho *bueno* con demasiada rapidez.

Las vírgenes abandonaron Roma como habían llegado, sólo un poco más desconcertadas. Ahora estaban bautizadas y se sabe que volver es siempre más difícil que partir. El cortejo había aumentado. A él se sumaban Ciriacus, el obispo Marculus de Grecia, la princesa Gerasma de Sicilia, y su amiga Constancia, que era prima de Alexis el Angel y llegó de Constantinopla con su séquito entero. En cuanto a ti, se te veía preocupada. No hacía mucho, me habías pedido que te contara tu historia y ahora cargabas con dos pesos: el de no saber y el de saber. No habías recibido noticias de Aetherius desde Basel y los rumores te enervaban. Se decía que el príncipe había tenido que volver para aplastar una conspiración. No todas las mujeres reaccionaron igual. Algunas se alegraron por tu liberación, otras se alegraron de verte sufrir. Sólo unas pocas, más sutiles, temieron tu tristeza y por eso rezaban por que Aetherius estuviera aprestando los esponsales en Mainz.

El cruce de los Alpes fue penoso, menos veloz que a la ida. Algo adentro tuyo había cambiado. Ese algo, apenas perceptible, rugía como un huracán. Siempre tuviste las mejillas descarnadas como tu madre pero ahora los ojos parecían, tal vez por el cansancio, más hundidos. Sólo la cabellera te asemejaba todavía a ti misma. Ni en Basel ni en ningu-

na otra ciudad quisiste demorarte, deteniéndote apenas para lo indispensable. *Koblenz tampoco esta vez te vio desembarcar. Hubo una escala, en cambio, en una aldea presa e inspirada, a pedido de una de las vírgenes, que confirmó en los hechos una desilusión. Dicen que ya apenas hablabas y que, cuando lo hacías, te referías a las cosas con una ternura inaudita como si las fueras a perder. Aetherius no te esperaba en Mainz y nadie parecía haber oído nunca hablar de él. ¿Había sido un sueño entonces? Las noticias nefastas empezaron a llegar a la altura de Oestrich. Maurus te había llamado en su lecho de muerte y Colonia estaba sitiada por una horda de vándalos. Un ejército bárbaro, largo como quince días de marcha, ancho como la brutalidad. Hubieras podido esperar, abandonar los barcos y cambiar de ruta. Pero ¿y si Aetherius te buscaba en el río? Había que seguir. La desesperación te arrasaba. Ya no le hacías preguntas a nadie sobre el amor ni preguntabas por Daria o el ángel. Las mujeres te seguían, siempre, cada vez más apuradas por llegar a algún sitio (no importa cuál) y la locura se impuso. Los barcos avanzaron hacia la boca del lobo. Aparecieron en el horizonte una mañana luctuosa de octubre, un poco destartalados, parecían esas aves desplumadas que a veces subsisten hacia finales del invierno. Las mujeres tenían hambre y el silencio era atroz. Una ciudad dormida, sin habitantes. Bajaron. Tú te adelantaste. En el silencio aterrador, pudo oírse la pregunta que te sangraba en la boca. ¿Alguien ha visto a Aetherius? En ese momento, un griterío a tus espaldas. Te estremeciste, cayendo de rodillas, recordando un sueño que habías olvidado.*

Isabel aprovechó para cambiar de posición y yo para ocultar un temblor. No era miedo sin embargo. Comparado a los barullos de la vida su relato parecía el colmo de la prolijidad.

Isabel me estudió con cuidado.

De manera que la matanza fue extrema, Ursula Regina, nunca conociste a Aetherius, murieron exactamente todas.

Pausa.

Esta mujer pensé. La cicatriz amarillenta de su rostro. ¿La llamaban la Pitonisa del Rhin? Marthen la conoció primero la condujo hasta mí. La cripta en Basel y afuera nevaba. Una mujer pálida que inventa lo que sueña y después rechaza aquello que no cuadra con la imagen que guardó del sueño. Esos gestos de quien sabe responder a las preguntas del deseo. La vi de pronto alejarse de mí. En su trineo en Basel cubriendo su cabeza con un manto negro. No menos rubia y alta entre los pinos ralos y el cielo plomizo de febrero. Un remolino de luz como si fuera una llamada abriendo pasadizos a otros mundos.

—Nuestra Señora del Próximo Siglo —susurré sin darme cuenta.

Isabel me sacudió con ternura.

Habrá otras versiones, Ursula. Tantas casi como vírgenes y has de saber que Eckbert, en su famoso Sermón contra los Cátaros, enumerará once mil.

Isabel me rescataba.

—¿Once mil vírgenes?

Como lo oyes: undecim milia virginum.

—...

Si todavía lo deseas, puedo contarte con detalles lo que yo misma haré cuando llegue el momento.

Asentí sin respirar.

Empezaré a hablar cuando se descubra el Ager

Ursulianus, es decir cuando un grupo de mujeres de un burgo de Colonia afirme tener tu cadáver y entonces se ordenen las exhumaciones y los obispos no sepan cómo explicar la presencia de esqueletos de hombres y de niños. Desde Schonau yo dictaré mis visiones a un escriba. Esas Imagines, como se las conocerá más tarde, saldrán de mi alma como si hubieran salido de la tuya: comenzarán con la huida de Cornwallis, y resolverán, uno a uno, los enigmas con que tropiecen los obispos. Sin duda, por eso, Gerlach, abad de Deutz, ordenará copiar setenta veces el manuscrito de mi Revelatio, traduciéndolo él mismo al provenzal y al islandés. Aunque yo me exceda en ciertas cosas (adornaré demasiado a las vírgenes y contaré con lujo de detalles sus cuitas amorosas), no olvidaré en cambio suavizar la matanza (contra el encomio del Libro de los Héroes) y, sobre todo, diré que Aetherius se había casado contigo en Mainz, ya bautizado, y que había muerto contigo, él y su comitiva en pleno, todo lo cual contentará sobremanera a los obispos.

Tuve que esforzarme por ocultar que a mí también me contentaba.

De los niños, diré que eran hijos de algunas viajeras, pero esto lo censurarán. También por ese tiempo otro monje, que preferirá el anonimato, agregará dos datos cuya finura no será bien apreciada. Dirá que, al conocerte, Atila se había enamorado y que matarte fue un efecto de su amor. Dirá también que una virgen, particularmente bella y avispada, se había escondido en los barcos evitando al principio la muerte pero que, al saberse única sobreviviente del desastre, se apareció en el campamento con semejante desprecio en el rostro que el propio Atila tuvo miedo y la mandó degollar en el acto. Me estoy refiriendo a Cordula.

241

Palladia nos interrumpió. Traía una bandeja y dos tazas de té de menta.

¿Por dónde iba?

—Por la muerte de Cordula —dije lo más serena que pude—. ¿Falta mucho?

Isabel sorbió el té sin apuro. Luego hizo un leve movimiento con las manos.

Se me olvidó contarte que, para algunos, Aetherius llegó a Colonia, justo cuando terminaba el martirio. Y otros dirán que fue él, y no Atila, quien ordenó la matanza, como castigo por haberte escapado. Pero a mí no me convencen. Ambas conjeturas son malvadas y un poco innecesarias. El azar no tiene por qué ser patético.

—...

Por suerte, nada de eso figurará en la hermosa hagiografía que recopilará hacia fines del siglo XIII un tal Jacobus de Genova.

Isabel percibió que me aburría y concluyó.

Habrá un pintor, también, mucho más tarde. Ese pintor se enamorará, igual que tú, de una belleza soñada. Por eso su visión, que lo llevará a pintar las naves contra el fondo inconfundible de Venecia, esa ciudad de espejos y de muerte imperiosamente suya, será la más falsa y la más verdadera de todas: el miedo, el deseo del dios y el tumulto ordenado de la muerte que danza en esos cuadros le pertenecerán por entero. Pero tú estarás viva en ellos como nunca.

Töd in Venedig pensé.

—¿Quiere decir que conoceré Venecia?

Isabel sonrió sin duda apenada por el destino que corrían sus palabras. La mañana había llegado a su apogeo. Ahora el sol golpeaba y un bullicio reclamando mi atención. Isabel se apresuró.

Lo que te he dicho adolece de una omisión

esencial: para muchos, simplemente, tu viaje nunca existió.

Cretinos pensé.

Habrá quienes digan que nunca viviste, que la historia fue un invento para hacer dinero con tu nombre, una obra de propaganda, hábil para instigar la veneración y los peregrinajes. Porque sabrás que más de 370 cabezas exhumadas se transportarán al monasterio de Aldenberg y eso, sin contar los envíos a St. Trond, Lüneberg, Clairvaux, París y Limbourg. También se me acusará de trastornada y se dirá que los obispos querían hacer pasar mis frases inconexas por visiones que, por lo demás, estaban llenas de anacronismos: las naves, la indumentaria, los nombres en latín, la descripción de las ciudades, la geografía política de Anglia y el modo de pensar de las gentes, todo completamente falso. ¿A quién se le podía ocurrir un viaje de mujeres solas en un tiempo en que el mundo era un catálogo de riesgos? ¿Desde cuándo escribían, sin ir más lejos, las mujeres?

La interrumpí abruptamente.

—Pero Eadburh de Thanet escribió en oro las Epístolas de Pedro en el monasterio de Barking. Y Roswitha de Gandersheim el hermoso poema épico de la Gesta Ottonis. Y Herrad de Landsberg y Judith de Northumbria y Margarita de Escocia que huyó de los normandos. E Hilda de Whitby la maestra de Caedmon todas ellas...

La condición fue que no me interrumpieras, Ursula. Además, eso es lo de menos. Más insalvable aun es la mención de Atila que, cualquiera sabe, no fue contemporáneo de Otton. No, el viaje de la luz, como lo llamaban las mujeres de Colonia, no había existido. Sólo dos cosas, por milagro, se salvaron de la destrucción en manos de esos escépticos: el her-

moso libro de Jacobus y los cuadros deslumbrantes del veneciano.

Cuando Isabel se detuvo yo temblaba. Era rabia o miedo no lo supe. Ambos sentimientos se parecen. Demasiado pronto en su relato había decidido no creer. Como en el juego de las mutilaciones que me imputaba Palladia. Sólo que más complejo ahora porque el gesto de clausura involucraba al futuro. Oh Palladia. Palladia la fiel. Perdóname no quise. Trata de entender. Será mejor así. Sé cómo hacerlo. Lo hice tantas veces. No tendré más que enredar la soledad con el orgullo y después encerrar las palabras de Isabel bajo llave. Sí. Eso es. Sepultar las palabras de Isabel. Les daré un nicho. Voy a decretar su inexistencia. Oh Palladia ya lo sé. La memoria desierta. El riesgo de perderlo todo de encontrarme un día sin nada. Lo sé no quise te lo juro.

Entonces me levanté con parsimonia. Afablemente saludé a Isabel. Y me dejé absorber por el trajín del día sin decir una sola palabra.

—Su Alteza está triste —dijo Cordula sonriente—. Primero Aetherius, después Cornwallis y ahora Isabel. Adivina adivinador, ¿cuál será la próxima excusa?

—...

—Mira que te atrae la tragedia, Ursula, vas a terminar ahogándote en tu propia lava, glup glup glup.

Cordula se levantó del cojín. Con ese vestido de crêpe celeste incrustado de lentejuelas está más bella que nunca.

—¿No tienes nada mejor que hacer? —se impacientó—. Deberías tomar un poco de aire ¿oíste?

Además, si te vas a creer todo lo que te dicen, mi queridísima...

Da una voltereta en el aire y se va canturreando con voz grave de espectro.

—Has-ta la pró-xi-ma muer-te, Ur-su-la... Has-ta la pró-xi-ma muer-te...

Aetherius.

Tal vez la vida no sea más que esto. Un enorme fresco. Una mera ostentación en una memoria más incongruente que la nuestra. Ya no sé. Ni siquiera sé a quién le escribo. Nuestro amor nace apenas y es acaso hace tiempo un cadáver cosido en un cuero de ciervo. Hasta Marthen me mira con recelo. Puedes vivir así para siempre *dijo.* Seguir peleando, traficar con ausencias que no tienen dobleces. Infundirías respeto (sufrir enaltece) pero no agotarás las batallas *dijo.* Las batallas siempre vuelven. *Marthen la que usa vestidos de lino púrpura o azafrán. ¿Qué fue lo que hice mal? Yo quería entender. Averiguar cada matiz del movimiento. Como una amante sin rumbo mi memoria huía hacia adelante levantando cada vez un último bastión. Como si fuera posible excavar la sangre entre las piedras. Confiscar lo que no fuimos con vestigios. El lenguaje fósil de una patria ausente.* Viajar es un sueño que se recuerda *dice Brictola pero el punto de llegada no existe en ese sueño como no existe el centro de una rosa cuando la deshojamos. Sólo unos pétalos para trazar un laberinto imaginario y perderse en él como una brújula en la cartografía de lo incierto.* Porque en verdad diría Isabel no nos movimos. *La rosa sólo existe para buscarla y el peregrinaje para fraguar un diálogo en movimiento.*

Oh Aetherius.

Eso hice. Consagrar a la muerte un flirteo. For-
cejear contigo. Ganarte. Y después querer que no me
abandonaras. Entonces no amándote ¿estaba ena-
morada de ti? ¿me amabas de un modo desdichado
pero mi amor hacia ti no te amaba? ¿pude sobornar-
te con la ausencia pero tú me padecías? ¿pensaré
que te habré amado cuando no tenga ya dónde hacer
noche? ¿Pero tú no vendrás y yo te amé allí donde
vendrías y delicadamente me enamoras? Oh Aethe-
rius no te vayas. ¿Por qué nunca viniste? ¿Dónde te
buscaré? ¿En qué río? ¿En qué partida fabulosa?
¿En cuál navegación de la muerte? Tengo miedo Aet-
herius. Las batallas siempre vuelven *dijo Marthen.*
Ojalá. Yo querría ahora que la vida no me suelte...

Tuve la inteligencia de caer con una fiebre
muy alta.

Al parecer deliraba. Días así. Sin comer ni beber ni hablar con nadie. Sé que tuve visiones. Pinnosa irradiaba una luz azul me miraba desde un
círculo de piedras. Con el rostro arrugado y la expresión un poco socarrona de Tarsisia me miraba
y se reía. Y ese ligerísimo grito aaaaaahhhhhhh y
entre risas. Ella hablaba entrecortado y sus palabras como altas y fugaces variaciones del azul. Un
águila a punto de desaparecer. Cuando desperté
Cordula estaba allí y me acarició.

—A ver si te mejoras, Ursula —dijo—, te extraño ¿oíste?

—...

—Claro que esto te pasa por ser como eres.
Porque, es más claro que el agua, si no fuéramos
así no haríamos ni la mitad de las cosas maravillo-
sas que hacemos, ¿no te parece?

—...

—Además, otras están mucho peor. Mira, ayer, sin ir más lejos, Senia se torció un tobillo en plena iglesia y hubo que hacerla traer hasta aquí en litera, tratando de que nadie viera su absurdo chaleco de púas. Te imaginas la rabia que me dio. ¡Perder el tiempo así, con todo lo que hay para hacer en Roma!

—...

—A mí también, no te creas, me cae mal la luna en Virgo, entro en unas lloronas inconsolables...

—...

—Y hasta me olvido de pensar en mi colección de cangrejos, con lo que me gustan.

—...

—Al regresar, nos detendremos en Bingen ¿verdad, Ursula?... ¡Qué nervios!... ¿Te parece que Reinmar me extrañará?

Entonces sin que nadie lo note la luz reapareció y Pinnosa me mira envuelta en el azul. Se ríe divertida de nosotras del mundo de ella misma.

Afuera muy lejos se oyó una mandolina.

Así canta el ruiseñor cantaba Ottilia. *Así canta el ruiseñor cuando se va/ Así canta al final del verano/ Con gran tristeza canta el ruiseñor/ Cuida su locura.*

Cerré los ojos y escuché el fru frú del vestido de Cordula.

Después no supe más.

Cuando la imaginamos rota acaso nuestra vida empieza a vivir.

A punto de emprender el regreso en las afueras de Roma.

Agitación y un poco emocionadas. Conteniendo el alboroto los clamores. Por un instante fijas en la imagen de su propia formación como si hubiera un diseño. Algo que las ciñe las ampara aunque ellas no lo vean. ¿Qué son estas mujeres? ¿Quiénes son? ¿A quién compete sino a ellas este desamparo?

Paso revista y miro. Las miro. Como a través de una distancia estremecida las nombré. Las nombraba una por una en la impaciente claridad de la mañana como una despedida. Algo que cayera al fin y se enterró en la oscuridad del corazón.

Brictola.

Mortal lucidez de la mirada y ese perfil de joven vestal. Severa y un poco fría como las cosas claras. Como la música de la poesía. Todo encuentra explicación allí. Sin la intrusión de la piedad ni de la intolerancia.

Saulae.

Sombrae. A lo mejor perdió en la vida porque así ganaba. Sus reservas de dolor son inagotables. A ella me unen dos secretos (tiernamente como si compartiéramos un crimen). Que la cárcel es algo que no fue y la pérdida más densa la menos conocida. También nos une Daria. Por ese amor nos pelearemos siempre.

Marthen.

Los amantes los cuerpos y las noches. Y los hoyuelos ésos. Y esas provincias de cobre que son sus brazos. ¿Adónde me llevarían sus ojos que miran como si vieran y no supieran qué ven?

Cordula.

La alegría cantarina de su voz su enconada ineptitud para el amor su voraz apetito por el mundo durarán para siempre estoy segura. La llamarada roja de su pelo y esa manera de andar como diciendo *No me someterán.*

Sambatia.

Quería urdir poemas como catedrales. Versos brumosos como una confirmación de lo indecible. Este viaje y decidir qué hace con Isegault son su encrucijada más hermosa. De ahí extrae padecimientos que la colman de euforia.

Isegault.

La que venía de Hastings de los fríos inviernos. Aferrada a Sambatia como si la supiera parte de la noche. De su noche. Es tan triste un amor imposible. Tan duradero.

Ottilia.

Sus noches blancas. Con un vestido de seda escotado tocando la mandolina. La belleza es un cuerpo oxidado enamorado de una música triste. Para ella los instintos eran puertas que había que cruzar. Siempre. Aun sabiendo que por ellas sólo se salía.

Isabel de Schonau.

Azul abstracto. Magistra en docta ignorancia. Ella sola alcanza para borrar todo el paisaje. Sus espejos transportan nuestra caravana afuera del tiempo. Como sucede con todo lo inverosímil era tan difícil no creer.

Senia.

Atrincherada en el mutismo como quien chumba. Un cuerpo herido por los caprichos de otro es horrendo y lo único por lo que vale la pena vivir. La jaula del deseo es maravillosa.

Saturnia.

Joven como nada. Experta en el despecho y la ira. Su incomprensión radical de sí misma la empujaba a ser rígida con los demás. Como Alberticus como Marion la desertora ya no despertará. El horror fue excesivo. El odio: disfraz milenario de qué sombra.

Pinnosa.

Ojos entornados de quien no precisa ver porque su riqueza es absoluta. Tiene en sus manos mi ignorancia el único tesoro que poseo. Y me lo da todo el tiempo como un sol.

Listas para partir.

Continuar este viaje inmóvil esta puesta en marcha de la espera. Lo sabemos ahora. Tal vez. El viaje es nuestra ofrenda. Un hilo que nos salva de perdernos en el mundo de la razón humana. Listas para partir. Con cautela movemos las piedras del corazón para empezar otra vez. Atentas sólo al legado de la gratitud. Ese faro en la oscuridad capaz de dirigir el operativo de regreso.

Un viento inesperado hizo temblar a la fila.

Apresúrate, Ursula, hay que evitar la emoción, no sirve para nada dijo Pinnosa.

Yo apreté la garganta.

Nadie secará las lágrimas de las doncellas de cristal.

Nadie nos devolverá la inocencia.

Hace ya varios meses que Aetherius no me escribe.

El cruce de los Alpes fue penoso menos veloz que a la ida. El cortejo se llenó de seres miserables. Y el obispo de Grecia venía y la princesa Gerasma y su amiga Constancia que arrastraba con ella a su séquito entero y Ciriacus detrás. Intolerable el viento la marcha forzada la oscuridad. Caminamos por la montaña semanas o meses. Las ideas se me perdían como piedras en un sendero de piedras. Llegar al río. El mismo donde esperé en vano al que juró venir y no vino. Las mujeres azoradas preguntaban *¿por qué no detenernos?* Subimos a las naves en Basel a principios de septiembre. Griterío y antorchas y una fiebre en las calles los puentes la explanada. *Miren, las vírgenes del agua, la enseña de Ursula* decían. Mi corona desteñida de cinco puntas. Tampoco en Mainz me esperaba. Ah querido nunca sentí nada igual. Una desidia espantosa me impide dormir comer. Ya no sé qué es afuera qué adentro. Me miro y no me reconozco. Adentro mío desatado un huracán. Nadie ha oído hablar de él. ¿Fue un sueño entonces? Palladia peinando mis cabellos como un encantamiento parecido al río el pasado la conciencia. Pregunta *¿Tú eres Ursula de Britannia?* Mis mejillas descarnadas como las de Daria. *No te reconozco* dice. Ah temeraria. ¿Qué cosas enterré en mi corazón? ¿Qué maldad disimulé a los demás y a mí misma? Hace meses ya. Meses que el rumor de los barcos cabalgando sobre el río se aleja y vuelve para volver a alejarse como el rumor de la pasión humana. Oh Saulae. Ciertas cosas no se curarán nunca. La orfandad. El murmullo cortante de lo bello. Esa voz de duelo hablando como un idiota sobre lo que perdió. Tampoco esta vez Koblenz me vio desembarcar. Sólo accedí a parar en Bingen por Cordula. La cabellera roja de Cordula. Apenas unos días. ¿Era esto el amor? ¿Esta angustia de perder aquello que todavía no nació? Las noticias nefastas comenzaron a llegar en Oestrich. De obitu Maurus no es posible. Tu rostro fatigado y esos cabellos blancos. ¿Es cierto que me llamaste en tu lecho de muerte? ¿A mí tu más amada hija? ¿la primogénita de tu muerte? Oh Maurus el querido. Yo debía precederte. Ya nadie besará mi boca infantil. Nadie me despertará de este sueño. Nadie me salvará del miedo en este oratorio inmenso oh adiós. Dicen que Colonia está sitiada.

Afuera de los muros las tiendas paganas el campamento púrpura del Imperatur. Alberticus temblaba. *Son hordas que vienen del Este* decía *como una tempestad envenenada*. Su patria su desgracia. Aconsejó esperar. O abandonar los barcos cambiar de ruta. Imposible. ¿Y si Aetherius me buscara en el río? ¿Quién? Hace meses ya. Nadie lo vio jamás. Hasta Bingen me resulta extraña su cinturón fantasmal. Esa cadena de espectros encapuchados golpeándose unos a otros portando cruces y guadañas. *Miren* gritaban *las amazonas celestes han vuelto pero Atila el Rojo bajará hacia el Sur, nos matará a todos como otra peste, quién tendrá piedad de nosotros* clamaban *ya nadie consuela o canta, ni siquiera el de la voz angélica*. Marthen pidió quedarse para cuidar a estos seres *Mater Misericordiosae* dijo. No. Hay que seguir. Avanzo siempre. Abandonada a la boca del frío. Sin más futuro que la frase *moriré*. Llegaré a la ciudad hambrienta. Nuestros barcos aparecerán en el horizonte. Ha sido un sueño. ¿Hasta cuándo va a durar todo esto? Vi llorar a Cordula por primera vez. Palladia dijo *el dios proveerá*. Saturnia rezando *Vencer o Morir*. Sambatia que no volverá a escribir. Como si la hubiera alcanzado una emoción difícil (¿la intuición de que la vida es la imaginación más fabulosa?) *No volveré a escribir* anunció *no tengo nada que decir*. *Lástima* dice Brictola *justo ahora que estaba por entender* y Ottilia tocando la mandolina y Ervinia de un lado a otro como supersticiosa o asustada. Yo apenas como. No hablo. Salvo a Pinnosa a veces. ¿Entonces ha sido un sueño? ¿Lo soñé yo? *Nunca se sabe* dijo Pinnosa. ¿Adónde vamos? ¿Qué significa todo? *Nos dirigimos a casa* dijo *siempre hemos ido a casa*. Ah si pudiera elegir. Si para morir hiciera falta como para nacer una mujer yo querría que esa mujer fuera Pinnosa. Me ayudara a entrar en la muerte sin miedo sin añorar la belleza intacta de la vida. Llegaré a la ciudad golpeada. Erizada de almenas banderas negras hombres de guerra. No hablo. Ya no pregunto a nadie sobre el amor. No pienso en Daria. Brictola dijo que el signo se ve en mi frente. Oberwesel ardía. Todo el castillo ardiendo la Torre del Hambre el Foso del Ciervo. Hace meses que Aetherius no me escribe. He caminado en círculos. Apareceremos en el horizonte una mañana de octubre. La ciudad desierta un soldado con un arcabuz a punto de disparar sobre un pájaro. Un perro sobre la dársena. Los barcos destartalados. Intensos como la locura. Las mujeres tienen hambre el silencio era atroz. ¿Alguien ha visto a Aetherius? Ya no pregunto sobre el amor. Una ciudad dormida sin habitantes. Un clima de exequias. Y esas toscas columnas de mármol rojo que hacen pensar en Cornwallis. Nadie oyó nunca hablar de él. Voy a la muerte como una novia. Como una viuda de lo que no ocurrió. Sobre el fondo un telón que cubre las heridas del viaje o bien una suma de palabras blancas que suben hasta el cielo y caen como una lluvia sobre el espejo del río. Y adentro del río otro espejo. El tiempo y las naves que avanzan. El dolor se alisa en la garganta o quiebra. ¿Qué me queda? El siglo los pájaros el trueno. Mis sueños de piedra. La muerte dirá un poema y partirá. Sólo yo viviré para brillar en el instante final. Para adorar la palma del martirio. Casada hasta el fondo con la tempestad. Como si esperar fuera una forma del amor. Ahora lo sé. No había que elegir. Pinnosa y Ervinia son una. Cornwallis y Aetherius. Daria y el exilio. El dios y la magnífica ausencia del dios. Hablar de la noche clara. Hablar del sueño de tiempo que la muerte arroja al río del olvido en una noche así. La vida. Las palabras como piedras. Estamos llegando a la ciudad del ángel. Y yo que me encierro en una jaula de luz como si buscara una verdad. Novia del río y de la muerte. Aturdida de amor. Pura intocada. Abro las puertas de mi corazón y oigo el rumor de lo que vendrá.

INDICE

Esta edición
se terminó de imprimir en
Talleres Gráficos EDIGRAF S.A.,
Delgado 834, Buenos Aires,
en el mes de mayo de 1998.